Abandonados a la pasión

YVONNE LINDSAY

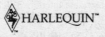

HARLEQUIN™

Editado por HARLEQUIN IBÉRICA, S.A.
Núñez de Balboa, 56
28001 Madrid

I.S.B.N.: 978-84-671-7972-9
Depósito legal: B-5400-2010
Editor responsable: Luis Pugni
Preimpresión y fotomecánica: M.T. Color & Diseño, S.L.
C/ Colquide, 6 portal 2 - 3º H. 28230 Las Rozas (Madrid)
Impresión y encuadernación: LITOGRAFÍA ROSÉS, S.A.
C/ Energía, 11. 08850 Gavá (Barcelona)
Fecha impresion para Argentina: 11.10.10
Distribuidor exclusivo para España: LOGISTA
Distribuidor para México: CODIPLYRSA
Distribuidores para Argentina: interior, BERTRAN, S.A.C. Vélez
Sársfield, 1950. Cap. Fed./ Buenos Aires y Gran Buenos Aires,
VACCARO SÁNCHEZ y Cía, S.A.
Distribuidor para Chile: DISTRIBUIDORA ALFA, S.A.

Capítulo Uno

–Has sido sexo de consolación, nada más.

Y eso era lo único que iba a ser. Blair miraba a los ojos de Draco Sandrelli, rezando para que se fuera antes de que hiciese alguna estupidez como desmayarse o ponerse a vomitar sobre sus brillantes zapatos hechos a mano. Pero su estómago, que había estado revuelto desde el desayuno, se encogió por otra razón cuando él sonrió, con esa sonrisa que la había cautivado desde la primera vez que se acostaron juntos.

–*Cara mia*, tú sabes que soy mucho más que eso.

Su voz, tan ronca, tan masculina, estaba cargada de sensualidad. Aún despertaba por las noches recordando esa voz, tan rica como el retumbar de un trueno en la distancia. Y peor, recordando la sensación de su cuerpo sobre el de ella, dentro de ella. Blair tuvo que contener el gemido que amenazaba con escapar de su garganta.

Los puntitos dorados en los ojos verdes de Draco parecían brillar más de lo normal mientras observaba su reacción. Para ser alguien que prácticamente acababa de conocerla parecía leerla como un libro abierto. Ni siquiera se había deshecho de la sombra de barba, tan típicamente italiana, para el funeral. Aunque había apartado su brillante pelo negro de la frente, las puntas rizándose en la nuca. En cualquier otro hombre ese corte de pelo sería ridículo, pero en Draco Sandrelli... Blair tuvo que tragar saliva.

Era demasiado guapo, su rostro demasiado perfecto, como para decir que era un hombre apuesto. Y, a pesar de ello, su pulso se aceleraba al mirarlo.

–Cena conmigo esta noche –dijo Draco entonces.

–No, lo siento. Lo que hubo entre nosotros fue... una aventura de vacaciones, nada más. No va a volver a ocurrir. Ahora estoy en casa, trabajando de nuevo, y tengo muchas cosas que hacer.

No pensaba preguntarle qué estaba haciendo allí, pero era una coincidencia increíble que el hombre con el que había tenido una aventura en Italia apareciese de repente en el colegio Ashurst. Especialmente en el catering de un funeral que había aceptado hacer como favor a uno de los amigos de su padre.

Por muy tentador que fuera retomar su aventura con el heredero de la fortuna Sandrelli, Blair tenía cosas más importantes en qué pensar.

De modo que, reuniendo valor, se despidió con un gesto y se dio la vuelta.

Intuyó, más que oír, el momento en el que Draco decidió seguirla porque se le erizó el vello de la nuca. Pero siguió caminando sin mirar atrás y giró por un pasillo que llevaba a la cocina. Angustiada, se apoyó en la pared y cerró los ojos, esperando poder esconderse allí.

Hasta le temblaban las manos, se dio cuenta entonces. No había estado tan nerviosa desde que encontró a su prometido, Rhys, besando a su mejor amiga, Alicia, en la bodega de Carson's, su restaurante.

El dolor de perder al hombre del que estaba enamorada por la joven que debería haber sido su dama de honor unos días después había sido insoportable. La doble traición fue tan inesperada…

Eso era lo que la había empujado a tomar un avión para hacer un tour gastronómico por la región de la Toscana, donde conoció a Draco Sandrelli.

Sí, había sido sexo de consolación, era cierto. Totalmente adictivo, increíble sexo de consolación. Y justo lo que necesitaba para reconstruir su destrozada autoestima. Nada más.

Suspirando, Blair se apartó de la pared para ver si todo estaba como debía. Y fue un alivio comprobar que sus herramientas de trabajo habían sido cuidadosamente colocadas en el maletín que llevaba al efecto. No había nada más que hacer allí. El equipo que había contratado para el catering lo limpiaría todo cuando terminase el almuerzo y devolvería la vajilla y la cubertería al restaurante en un par de horas.

Blair pasó las manos por la blusa blanca y la

falda negra que solía usar cuando organizaba un catering, intentando calmarse. Maletín en mano, salió de la cocina por la puerta de atrás y se dirigió a su furgoneta. Si no hubiera hecho aquel viaje a Toscana, podría haber reemplazado a la vieja Gertie por una furgoneta nueva. Pero de haber hecho eso seguiría siendo una víctima de la maldad de Rhys y Alicia, en lugar de aprender algo más sobre la mujer que ella podía ser.

Y había sido un descubrimiento que le enseñó muchas cosas; para empezar, que no podía tenerlo todo. Ella no era la clase de persona que podía levantar un negocio y ser la pareja de un hombre. No, su trabajo era demasiado importante. Pero estaba contenta con su decisión. El trabajo sería su vida por el momento. En cuanto a Draco… en fin, todo el mundo tenía derecho a conocer a un Draco en su vida, pensó.

La intensidad de su aventura con el italiano había sido tremenda y la habría consumido totalmente de haberse quedado más tiempo con él. Esa verdad lo había puesto todo en perspectiva.

Blair había visto el resultado de los amoríos de su padre; había visto cómo siempre acababa con el corazón roto y había jurado no sucumbir a esa obsesión.

El aviso llegó una mañana, cuando despertó en los brazos de Draco, las sábanas arrugadas sobre sus cuerpos desnudos. Fue entonces cuando se dio cuenta de que en esos tres días no había pensado en su restaurante ni una sola vez. Había abrazado su aventura con Draco Sandrelli con la pasión que solía reservar para el trabajo.

No, no había sitio en su vida para el amor y el trabajo. Su restaurante lo era todo para ella. Su éxito la definía como persona, no algo tan efímero como la atracción física por un hombre.

De modo que se había levantado de la cama para hacer las maletas, sin prestar atención cuando Draco le pidió que volviera a su lado.

Esos días en la Toscana habían sido pecadoramente deliciosos, pero era la clase de tentación con la que uno no podía construir un futuro. No había seguridad en esa atracción incendiaria… lo sabía por el doloroso pasado de su padre y el suyo propio.

Sólo había una cosa que quisiera en ese momento y era conseguir para su restaurante, Carson's, las cinco estrellas que daba el crítico de la revista *Fine Dining*.

Ése había sido el sueño de su padre hasta que un infarto le obligó a pasarle las riendas del restaurante. Ahora era su sueño; uno que había pensado conseguir con Rhys y Alicia a su lado. Pero podía hacerlo sola. Carson's se convertiría en el mejor restaurante de Auckland y ella se olvidaría por completo de Draco Sandrelli.

Draco vaciló en la puerta de la cocina. Blair tenía que estar allí y necesitaba hablar con ella. Tenía que verla otra vez.

Cuando se marchó aquella mañana, en el *palazzo* de Toscana, estaba dispuesto a mover montañas para convencerla de que se quedara. Sólo la llamada urgente de sus padres desde la casa en la que vivían, a unos kilómetros del *palazzo* Sandrelli, se lo había impedido. Porque, por supuesto, cuando volvió después de visitar a su padre enfermo, Blair se había marchado sin dejar una dirección.

Al verla allí aquel día se había quedado perplejo, pero no se lo pensó dos veces. Era una segunda oportunidad y no pensaba desaprovecharla. El magnetismo que había habido entre ellos fue instantáneo y sabía bien que esas cosas no pasaban todos los días. Demasiada gente se conformaba con lo que los demás esperaban de ellos. Él mismo lo había hecho una vez, por respeto a su familia y a su hermano muerto, pero el resultado había sido catastrófico. Y no volvería a ocurrirle nunca más.

La atracción que sentía por Blair era demasiado poderosa.

De modo que puso la mano en la puerta batiente y entró en la cocina… a tiempo para ver a Blair saliendo de ella. Draco aceleró el paso y llegó a su lado cuando estaba guardando el maletín en una vieja furgoneta.

–Blair.

Ella se volvió, aunque no parecía sorprendida.

–Ya te he dicho todo lo que tenía que decirte, Draco –suspiró, mientras subía a la furgoneta.

–Pero no has querido escucharme…

–Si quieres que sea sincera, no estoy interesada en lo que tengas que decir.

Blair intentó cerrar la puerta, pero él se lo impidió.

–¿Se puede saber qué te pasa?

–¿Qué te pasa a ti? ¿No toleras que una mujer te diga que no? Entiendo que no estés acostumbrado, pero vas a tener que aceptarlo.

Draco sonrió. Sonaba como una gatita enfadada.

–Sólo quiero que hablemos. Te fuiste tan de repente… no pudimos despedirnos como es debido. O como yo hubiera querido hacerlo.

Draco notó que la frase despertaba una repuesta inmediata y, cuando miró hacia abajo, comprobó que sus pezones se marcaban bajo la camisa. Blair llevaba sujetador, pero mas como una concesión a la profesionalidad que porque le hiciera falta. Le encantaban sus pechos, pequeños y altos. Le encantaba cómo podía despertar en ella un gemido de placer con sólo rozar las puntas. Nunca había conocido a una mujer que fuera tan sensible a sus caricias, pero él lo disfrutaba tanto como Blair. Y quería hacerlo otra vez. Muchas veces más.

Blair se dio cuenta de que estaba mirando sus pechos y puso la llave en el contacto, enfadada.

–Ya hemos dicho todo lo que teníamos que decir. Lo nuestro fue sólo una aventura de vacaciones. Bueno en la cama y bueno para mi ego

malherido, nada más. Y ahora, por favor, apárta-
te de mi coche antes de que llame a seguridad.

–Ahí es donde no estamos de acuerdo, *deliz-
zia*. No hemos terminado. Te dejaré ir, pero te
aseguro que volveremos a vernos.

Draco dio un paso atrás y ella aprovechó para
cerrar la puerta y arrancar la furgoneta a toda prisa, aunque el motor protestó amargamente. Luego, mientras se alejaba por el camino, memorizó el
número de la matrícula. Blair podía pensar que
había escapado, pero él estaba seguro de que pronto la tendría en su cama de nuevo.

Un movimiento en el cercano aparcamiento
llamó su atención y Draco vio a sus dos amigos,
Brent Colby y Adam Palmer, al lado de las motos
Guzzi que él mismo había llevado desde Italia
para que pudieran disfrutar de una de sus activi-
dades favoritas cuando conseguían estar en Nueva Zelanda los tres al mismo tiempo. Habían
transcurrido muchos años desde que pasaron la
noche de su graduación en Ashurst montando
por la carretera que rodeaba el prestigioso colegio privado, pero no había nada como la sensación de controlar una poderosa moto como
aquélla.

Brent era un millonario hecho a sí mismo y, si
Draco no lo quisiera y respetase tanto, él se habría ganado su respeto cuando hizo fortuna y la
perdió de repente, sólo para multiplicarla más
tarde. El primo de Brent, Adam, pertenecía a
una familia adinerada, la familia Palmer, con in-

tereses económicos que se extendían por todo el mundo.

Pensando en su propia familia, los Sandrelli, una de las más antiguas de Italia, Draco sintió de nuevo un peso sobre sus hombros. El linaje de los Sandrelli terminaría, o continuaría, con él, como su padre, ya mayor y enfermo, le había dicho muchas veces. La responsabilidad hacia la historia familiar reposaba sobre sus hombros, lo cual hacía que su proyecto con Blair fuese más interesante... si conseguía que volviese a verlo, claro.

Draco se acercó a sus amigos, sonriendo. Era hora de ir a casa de Brent para tomar una copa y jugar a las cartas. Y, mientras volvían a Auckland, podría trazar su plan.

Blair podía pensar que había escapado, pero lo único que había hecho era tentarlo aún más porque Draco sabía que tampoco ella era capaz de darle la espalda. Un hombre no tenía esa suerte dos veces en la vida y debía aprovecharlo.

¿Pero sería capaz de hacer realidad el deseo de su padre antes de que fuese demasiado tarde? La última embolia no había sido tan grave como temían, pero el médico les había advertido que podría sufrir otra embolia o un infarto fatal en cualquier momento.

De modo que él tendría que asegurarse de no llegar demasiado tarde. Los Sandrelli habían dominado las tierras que rodeaban el antiguo *palazzo* durante siglos y, aunque el problema de la sucesión había caído sobre sus hombros tras la muerte de su hermano diez años antes, no sería él quien se encargase de terminar con el linaje de los Sandrelli. Su unión con Blair Carson le daría los hijos que su padre quería… y, a juzgar por la pasión que sentían el uno por el otro, eso no sería difícil.

Ni Brent ni Adam dijeron nada cuando se acercó a ellos, pero su expresión de curiosidad lo decía todo.

–No preguntéis –les advirtió mientras se ponía el brillante casco negro.

Ya les hablaría de Blair Carson cuando la tuviera donde quería tenerla.

Capítulo Dos

–Aquí está otra vez. Siete noches seguidas –Gustav, el maître gay de Carson's, levantó una ceja mientras entraba en la cocina.

Y a Blair se le cayó el cuchillo de las manos. Draco había ido al restaurante todos los días durante una semana. Aquella noche había llegado mas tarde de lo habitual y ella no había podido dejar de preguntarse si aparecería o habría vuelto a Toscana…

Y esa incertidumbre, combinada con la falta de su ayudante, que estaba enfermo, la estaba poniendo de los nervios.

Pero ése no era el comportamiento que se esperaba de una chef que había ganado varios premios, de modo que Blair intentó centrar sus pensamientos. Sólo había un objetivo en su vida y no era Draco Sandrelli.

–¿Qué ha pedido?

–Escalopines *alla Boscaiola* con *sautée* de verduras. Para ser un tipo tan grande come muy poco… o a lo mejor se guarda el apetito para otras cosas –respondió Gustav, haciéndole un guiño de complicidad antes de salir de la cocina.

Blair dejó escapar un suspiro. El plato de escalopines de cerdo era relativamente sencillo, igual que las verduras. Era uno de los platos que había aprendido a hacer durante su tour culinario por la Toscana, el tour que había tenido un giro inesperado y en el que acabó en los brazos de Draco.

Mientras calentaba el aceite de oliva en la sartén, Blair intentó no pensar en eso. No pensar en la abrumadora atracción que había sentido por él en cuanto sus ojos se encontraron en aquel patio, cuando bajaba del autobús en el *palazzo* Sandrelli. Y tampoco quería recordar el absurdo deseo que había sentido de ser parte de aquel histórico *palazzo*, con su antigua escalinata de piedra.

Su padre y ella habían vivido una vida de nómadas desde que su madre los dejó. Viajando de una ciudad a otra, normalmente siguiendo a los turistas, para encontrar trabajo. Carson's era la única cosa permanente en su vida. Era su hogar, su base. Y si quería que siguiera siendo así, lo que tenía que hacer era concentrarse en lo suyo y dejarse de tonterías.

Sólo cuando los escalopines estaban en el plato se permitió a sí misma volver a pensar en Draco, que había enviado al maître a la cocina con felicitaciones cada noche. Normalmente, ella habría salido de la cocina para saludar al cliente, pero le daba miedo verlo otra vez. Le daban miedo sus sentimientos.

¿Y si él persistía en volver a verla? ¿Y si quería más? Saber que estaban bajo el mismo techo la ponía nerviosa. Todos sus sentidos parecían concentrados en él y a los hombres como Draco les gustaba ganar. Blair tenía experiencia con hombres como él.

Sin embargo, por alguna razón, esperaba ansiosamente cada noche la opinión de Draco sobre el plato que había pedido. Como si le importara, se dijo a sí misma, enfadada.

–¿Blair?

Gustav acababa de entrar en la cocina de nuevo.

–Por favor, no me digas que acaba de llegar un autobús lleno de turistas pidiendo osobuco.

–No, nada tan sencillo. Es Mister Italia y quiere hablar contigo personalmente.

Blair dejó escapar un suspiro.

–Imagino que le habrás dicho que estoy muy ocupada.

–No, la verdad es que no. Le he dicho que saldrías enseguida.

–¡Gustav!

–Mira, son las once y media, el restaurante está casi vacío y tú sabes que la cocina está controlada. No hay ninguna razón para que no tomes un oporto con él antes de cerrar. Venga, no seas tonta. Tú también tienes derecho a pasarlo bien.

Blair tuvo que disimular un gemido. Desde que rompió su compromiso con Rhys, y lo despidió a él y a Alicia del restaurante, un despido que le había costado caro cuando sus abogados presentaron una demanda, Gustav no dejaba de insistir en que debía salir con alguien y pasarlo bien.

Si él supiera, pensó. Ya lo había pasado más que bien con Draco Sandrelli. Por eso se había lanzado de cabeza al trabajo en cuanto volvió de Italia.

Pero Gustav empezó a tirar del cinturón de su delantal y luego le dio la barra de labios que sabía guardaba en el cajón.

—Venga, no te va a pasar nada. Mira, cariño, ese hombre ha dejado claro que le gustas.

Con desgana, Blair se pintó los labios frente al espejo.

—Ya está. ¿Satisfecho?

El maître le quitó el gorro de chef y le arregló un poco el pelo con los dedos.

—Ahora sí —sonrió, empujándola hacia la puerta—. No te preocupes por la cocina, nosotros nos encargaremos de todo. Tú pásalo bien.

Mientras la puerta se cerraba tras ella, Blair casi podría jurar que oía un aplauso del personal de la cocina. Y su intento de sonrisa desapareció cuando volvió su atención hacia el hombre que estaba sentado frente a una de las ventanas.

Draco se levantó al ver que Blair se acercaba a su mesa. Por un momento se había preguntado si el maître le estaba tomando el pelo al decir que se reuniría con él después de cenar, pero allí estaba. Por fin.

No era una belleza clásica, pero el arco de sus cejas sobre unos ojos de color chocolate y la línea recta de su nariz le daban carácter a un rostro que, de no ser por eso, podría parecer corriente.

Caminaba con la gracia de las personas naturalmente esbeltas, la chaqueta de chef sobre los pantalones de cuadros, el uniforme de los chefs en Nueva Zelanda, escondiendo unos pechos perfectos. Él lo sabía bien.

Al final de la noche estaría en su cama, pensó. Tenían un asunto por resolver y Blair Carson pronto descubriría que no podía salir huyendo de él.

Su mayor deseo era tomarla de la mano para llevarla a su apartamento y desnudarla en su cama… pero tuvo que contenerse. Mientras se acercaba a la mesa parecía una gacela a punto de salir huyendo y lo último que deseaba era asustarla.

Había huido una vez; dependía de él que no volviese a hacerlo.

—Espero que haya disfrutado de la cena, señor Sandrelli.

Draco tomó su mano y la besó en ambas mejillas.

—Siempre disfruto de tus cenas, Blair. Tu talento en la cocina sólo es comparable con…

—¿Quieres tomar una copa? —lo interrumpió

ella–. Gustav mencionó el oporto… ¿qué te parece?

–Gustav nos traerá la copa, seguro. Pero antes quería hablar un momento contigo.

–Muy bien. Si eso es lo que quieres –suspiró Blair, dejándose caer sobre una de las sillas.

–Veo que aprendiste mucho mientras estabas en Toscana. El plato de esta noche era perfecto… lo aprendiste en Lucca, ¿no?

–Así es. He incorporado al menú un par de recetas que aprendí durante ese viaje y son muy populares entre mis clientes.

–Pareces cansada –dijo Draco entonces, alargando una mano para acariciar su cara.

Pero Blair se apartó de inmediato.

–No me importa. Me encanta mi trabajo.

–Pero todo el mundo necesita un descanso, un respiro. Dime, *cara mia*, ¿tú qué haces para relajarte?

–Acabo de volver de vacaciones, no necesito relajarme.

–¿Vacaciones? Blair, estuviste haciendo un tour gastronómico por Italia. Eso no son unas vacaciones exactamente…

–Ah, aquí está el oporto –Blair volvió a interrumpirlo cuando Gustav apareció con una bandeja–. Gracias, Gus.

Después de tomar un sorbo del vino se pasó la lengua por los labios y Draco tuvo que tragar saliva. Ah, cómo le gustaría ser él quien hiciera eso…

–¿Qué quieres de mí, Draco? –le preguntó ella entonces–. ¿Qué tengo que hacer para que me dejes en paz?

–¿Por qué crees que voy a marcharme?

–Los dos sabemos que pronto volverás a Italia. ¿Cuánto tiempo llevas aquí… una semana? Imagino que tendrás que atender tus negocios y yo sólo quiero saber qué puedo hacer para que lo hagas con más anticipación.

–Vuelve a casa conmigo –dijo Draco entonces.

–¿Al *palazzo*? Lo dirás de broma.

Ése era su objetivo, llevarla de vuelta a Italia con él. Pero hasta que pudiese hacerlo tendría que conformarse con pequeñas victorias.

–No, me refería a mi casa, esta noche.

–¿Esta noche? ¿Y luego me dejarás en paz?

Era un principio, de modo que Draco asintió con la cabeza.

–Te he echado de menos, Blair. Deja que te demuestre cuánto.

–Yo… no sé.

–No estoy acostumbrado a suplicar, *cara mia*, pero te lo suplico ahora. Incluso tú tienes que admitir que lo que hay entre nosotros es especial. Ni siquiera con Rhys tenías algo así, ¿no es verdad?

Cuando vio que Blair apretaba su copa, Draco supo que la tenía.

–Muy bien, esta noche –dijo ella–. Pero necesito algunas cosas.

–Lleva todo lo que necesites. Y quédate conmigo el tiempo que quieras –sonrió Draco, apretando su mano.

Pero Blair la apartó.

–Sólo será esta noche. Dame tu dirección y nos veremos allí.

–No será necesario. Tengo un coche y un conductor a mi disposición. ¿Dónde vamos a recoger tus cosas?

Draco se había levantado y estaba tirando de ella para que no pudiese cambiar de opinión.

–Están en el piso de arriba.

–Muy bien, te esperaré aquí –sonrió, inclinándose un poco para darle un beso en los labios. Pero, en cuanto notó el calor de su aliento, supo que no debería haberlo hecho. Porque lo que supuestamente iba a ser una simple caricia provocó un incendio en su interior y, en lugar de apartarse como había planeado, levantó una mano para enterrarla en su pelo corto y seguir besándola.

Blair dejó escapar un gemido y sus lenguas se encontraron. Su sabor era tan embriagador que encendía su sangre.

Había sido así desde la primera vez que se tocaron; con ese deseo abrumador de hacerla suya, de tomar lo que le ofrecía y devolvérselo multiplicado por cien. Nunca había sentido una pasión así por una mujer, ni siquiera por Marcella.

La desinhibida actitud de Blair era la respuesta a todo. Había hecho bien en perseguirla y en esperar su momento, pensó, porque Blair sentía lo mismo que él. Ir allí cada noche había sido un plan maestro. Aunque sonaba calculado, había sido la única manera de demostrarle que aquello que había entre los dos no podía ser ignorado.

Dio! No se cansaba de ella. Draco mordisqueó su labio inferior, tirando de él, absorbiendo el gemido de placer que emanaba de la garganta femenina.

Un estruendo de platos y cubiertos en la cocina le devolvió el sentido común y se apartó, acariciando su cuello antes de dar un paso atrás.

–Date prisa, no quiero perder un segundo –le dijo en voz baja.

Blair se quedó mirándolo un momento, como mareada. Y a él le pasaba lo mismo.

Pero entonces Blair se dio la vuelta sin decir nada.

Capítulo Tres

–¿Hace calor aquí o eres tú? –bromeó Gustav, abanicándose teatralmente con la mano mientras Blair iba hacia la escalera.

–Cállate, Gus. Ya has conseguido lo que querías.

–No, todavía no, pero creo que estoy a punto de hacerlo. Enhorabuena, Blair. Ya era hora. Y no te preocupes por el restaurante, yo me encargo de cerrar.

–¿Cómo que estás a punto de hacerlo? ¿Qué quieres decir con eso?

–Bueno, ya sabes, desde lo que pasó con Rhys y Alicia… es como si tu entusiasmo por el restaurante hubiera desaparecido. Pero intuyo que estás a punto de recuperarlo.

¿De verdad era tan transparente? Su ruptura con Rhys y la consiguiente batalla legal la habían dejado agotada y deshecha, pero no sabía que nadie más se hubiera dado cuenta.

–Desde que volviste de Italia es como si vibrases en la cocina, y eso se nota en la comida… y en todo. Los clientes y el personal están más contentos que nunca y, francamente, si ese tipo es responsable de que tú seas más feliz, yo me alegro mucho. Es él, ¿verdad? ¿El hombre al que conociste en Italia?

–Sí, es él –suspiró Blair–. No estaré cometiendo un error, ¿verdad, Gus?

–¿Un error? ¡Lo dirás de broma! Vete ahora mismo, antes de que te saque yo a empujones.

Blair tuvo que sonreír.

–Muy bien, muy bien, de acuerdo –murmuró, empujando la puerta que daba a su apartamento.

Una vez arriba, tomó una mochila del armario y guardó sus cosas de aseo y un cambio de ropa antes de quitarse el uniforme. No sabía qué ponerse, pero eligió un conjunto informal: una camiseta de manga larga y una falda de corte asimétrico con sandalias de tacón bajo.

Le habría gustado darse una ducha para quitarse el olor de la cocina, pero tenía la impresión de que Draco la arrastraría aún mojada hasta el coche si lo hacía esperar mucho más.

Un beso. Eso era todo lo que había hecho falta y estaba perdida. Perdida ante las delicias que prometía con cada caricia de sus dedos, con cada roce de su sabia lengua…

Rápidamente, Blair apagó la luz y cerró la puerta tras ella; sus sandalias repiqueteando sobre el suelo de madera mientras volvía al restaurante. A Draco.

Él se levantó al verla y Blair sintió mariposas en el estómago. ¿Estaba haciendo bien?, se preguntó. Gus parecía pensar eso. Y Draco también,

23

evidentemente. Dejarlo cuando estaban en Italia le había costado un mundo. Y acostándose con él otra vez… ¿no se arriesgaba a lamentarlo después? O peor, ¿sería capaz de volver a dejarlo por la mañana?

Pero él no le dio tiempo para pensar porque la tomó del brazo para llevarla hacia la puerta del restaurante y, un segundo después, estaba en el asiento de una limusina.

Draco le dijo algo en italiano al conductor, que levantó el cristal que los separaba antes de perderse entre el tráfico de Ponsonby Road.

Blair, sin pensar, alargó una mano para acariciar la carísima tela de sus pantalones, pero Draco sujetó su mano.

–No –murmuró, con voz estrangulada–. Si me tocas ahora, no podré controlarme y me he prometido a mí mismo que esperaría hasta que llegásemos al apartamento.

Blair se quedó sin aliento mientras buscaba sus ojos en la oscuridad del coche. Saber que lo afectaba de tal manera era… embriagador. Aunque la fuerza de sus sentimientos por él la habían aterrorizado de tal forma que prácticamente tuvo que salir huyendo del *palazzo*, en aquel momento no tenía miedo de nada.

El viaje desde Carson's al lujoso apartamento en la mejor zona de la ciudad duró diez minutos y, mientras el conductor aparcaba en el garaje, Blair tuvo que reconocer que también ella estaba deseando quedarse a solas con Draco.

Pero cuando llegaron a la puerta vaciló. ¿Qué estaba haciendo? Una semana antes le había dicho que sólo había sido «sexo de consolación», que no quería saber nada de él. Y ahora, de repente, estaba a punto de irse a la cama con Draco otra vez...

Pero cuando lo miró a los ojos y vio la firme decisión en su rostro, un escalofrío de anticipación recorrió su espalda.

Draco no la tocó. En lugar de eso, tomó su mochila y pulsó el botón del ascensor sin decir nada. Las puertas se abrieron poco después y Blair lo siguió hacia una puerta doble al final del pasillo, que Draco abrió con una tarjeta magnética.

El sonido de la mochila cayendo al suelo fue el único aviso antes de que la envolviese entre sus brazos. La boca de Draco, caliente y húmeda, descendió hasta la curva de su cuello, su lengua haciendo círculos allí hasta que Blair cerró los ojos. La dura erección presionaba contra sus nalgas y se movió para darse la vuelta. Al hacerlo, Draco metió una pierna entre las suyas para rozar esa parte de ella que empezaba a suplicar sus caricias.

De repente, el ansia que había contenido durante las últimas semanas explotó ante el asalto de sus labios, el roce de su lengua...

El tiempo y el espacio no eran importantes; cada molécula de su cuerpo concentrada en ese momento, en aquel hombre.

Una noche, pensó. Sería la última y sería la mejor.

Draco levantó su falda para tocarla íntimamente, para apretarla contra su exigente erección. Y sólo era una promesa de lo que estaba por llegar.

Era una locura, pensó Blair, pero no era capaz de dar marcha atrás. Draco invadía sus sentidos, sus pensamientos y sus deseos. Tembló cuando él apartó a un lado las braguitas y deslizó un dedo en su interior, en la evidencia de su deseo por él. Cuando apretó la palma contra su centro, Blair dejó escapar un gemido.

–Quiero más… –murmuró–. Más, Draco.

Ella misma se quedó sorprendida por esas palabras, por ese tono, pero siempre le ocurría lo mismo con él. Y cuando supo que no podía esperar un segundo más empezó a desabrochar su cinturón, deslizando la tira de cuero por las trabillas del pantalón y bajando luego la cremallera. Lo deseaba con todas sus fuerzas en aquel momento y metió la mano por la cinturilla de los calzoncillos para acariciar su aterciopelado miembro.

En cuanto lo sacó de los confines de la prenda, Draco la apretó contra la pared y levantó una de sus piernas para enredarla en su cintura. Luego, con la otra mano, sacó un preservativo del bolsillo, antes de que los pantalones cayeran al suelo, y se lo puso.

Blair, tan ansiosa como él, lo guió hacia ella hasta que, con una embestida, se convirtieron en uno solo. Draco, jadeando, se movía, llevándola cada vez más cerca del orgasmo… y luego, en una carrera loca, llegó allí. Todo su cuerpo se convulsionó y clavó las uñas en sus hombros para no caer al suelo.

Con un ronco gemido de triunfo, Draco se unió a ella, aprisionándola contra la pared, su aliento ardiendo, su corazón latiendo furiosamente.

Lentamente, Blair volvió a la realidad. Ni siquiera habían pasado del recibidor… aunque al menos Draco había recordado cerrar la puerta. Temblando aún por las sacudidas del orgasmo, los dos respiraban de forma agitada.

–Parece que esta noche no estoy siendo muy delicado –bromeó él.

–Eso parece –asintió Blair, rozando con los labios la columna de su garganta.

–Pero te compensaré. Te lo prometo.

–No sé si voy a poder hacerlo una vez más. Ha sido tan…

–¿Tan catártico?

Tenía razón, había sido catártico. A pesar de la hora, a pesar del cansancio y de que llevaba de pie todo el día en la cocina, se sentía llena de energía, de fuerzas. Y, de repente, le gustaba la idea de que Draco la compensara.

Él se apartó entonces y Blair bajó la pierna, pero le resultaba sorprendente poder caminar.

–Creo que los dos necesitamos una ducha después de esto. Ven, deja que cuide de ti.

Blair tomó la mochila del suelo y dejó que la llevase de la mano hasta el salón, con una pared enteramente de cristal desde la que se veía el puerto de Auckland. Las luces de los edificios y los lujosos yates se reflejaba en el oscuro océano. La vista era impresionante. Tan impresionante e incomprensible como haberse dejado llevar por un deseo que llevaba semanas intentando controlar.

Dentro del dormitorio principal estaba el cuarto de baño, donde las paredes de color gris perla suavizaban la encimera de granito y el suelo de cerámica negra.

Blair dejó la mochila sobre una repisa mientras Draco abría el grifo de la ducha. Pero cuando se volvió hacia ella, supo que la deseaba de nuevo. Y no podía negar que a ella le pasaba lo mismo. Eran insaciables.

Draco tomó su cara entre las manos y la besó en los labios, esta vez suavemente, tomándose su tiempo. Luego tiró hacia arriba de su camiseta y trazó con un dedo el borde del sujetador rosa, haciéndola sentir escalofríos…

–Draco…

Él inclinó la cabeza para poner la boca donde antes había estado su dedo. Con manos expertas desabrochó el sujetador, que cayó al suelo, desnudando sus pechos ante su avariciosa mirada.

–Tan preciosa, tan perfecta… –murmuró, rozando sus pezones con la lengua.

Blair se quitó la falda y las braguitas y las dejó

caer al suelo, quedando sólo con las sandalias...
que Draco le quitó clavando una rodilla en el suelo. Cada movimiento era lento, deliberado... en total contraste con la locura que los había poseído en el pasillo.

Una vez que estuvo completamente desnuda, él se quitó la ropa a toda velocidad y la acompañó a la ducha.

–Ah, qué bien –suspiró Blair cuando el chorro de agua masajeó su espalda.

Sonriendo, Draco tomó el bote de gel y empezó a enjabonarla, acariciando sus pechos con reverencia. Eso no le había pasado nunca con otro hombre. Todos sus novios habían hecho alguna broma sobre lo pequeños que eran sus pechos. No de una manera cruel, pero aun así... siempre le recordaba las bromas que le gastaban sus compañeros cuando era adolescente, haciéndola sentir poco femenina. Pero las caricias de Draco la hacían sentir que era todo lo que deseaba.

El siguió enjabonándola, deslizando una mano entre sus piernas en un gesto de intimidad que no había compartido con nadie, ni siquiera con Rhys. Claro que Draco Sandrelli no se parecía a ningún otro hombre. Y eso era precisamente lo que la asustaba. Sería demasiado fácil sucumbir a su encanto.

No, por mucho placer que le proporcionara, y sabía que habría placer, tenía que ser fuerte. Aceptar lo que le ofrecía esa noche y después volver a la vida que había elegido.

Él estaba deslizando las manos por sus nalgas, apretándolas suavemente antes de ponerse de rodillas. Y Blair se maravilló de permanecer de pie cuando acercó la boca a su centro y apretó los labios contra el capullo escondido entre los rizos.

Al sentir el roce de su lengua, enredó los dedos en su pelo, sujetándolo allí para incrementar el placer. Pero le temblaban las piernas y dejó caer la cabeza hacia atrás, sus gritos de gozo anunciando un orgasmo que la hizo temblar de arriba bajo.

Draco se incorporó, sujetándola con su cuerpo, disfrutando al saber que podía darle tanto placer, tanta pasión. Se había maravillado al ver la sensualidad que escondía aquella mujer. Era una pena que pusiera toda su pasión en el trabajo cuando podría tener tantas cosas más.

Luego cerró el grifo de la ducha y tomó a Blair en brazos. Era tan delgada que apenas pesaba nada… había perdido peso desde que volvió a Nueva Zelanda. Y no debería. Seguro que había estado trabajando sin descanso desde que volvió y parecía al borde de la extenuación.

Envolviéndola en una aterciopelada toalla gris, la secó con sumo cuidado.

—¿Draco?

—¿Sí?

—¿Y tú?

—Más tarde. Por ahora, vamos a descansar.

—Lo siento, yo…

—No tienes que sentir nada. Yo estoy encantado.

Draco la llevó al dormitorio y apartó el voluminoso edredón antes de dejarla sobre las sábanas. Y Blair se quedó dormida casi inmediatamente, confirmando su convicción de que trabajaba demasiado. Lo que provocaba tal somnolencia era algo más que la languidez que seguía al amor, estaba seguro.

Draco tiró la toalla al suelo y se tumbó a su lado, apoyándose en un codo para mirarla. Unos minutos después, apagó la luz y apoyó la cabeza en la almohada, atrayendo a Blair hacia sí antes de cerrar los ojos.

Fue un roce suave como el de una pluma lo que despertó a Draco unas horas después. En algún momento de la noche se había tumbado del lado izquierdo y, cuando abrió los ojos, Blair le había pasado una pierna por encima y estaba deslizando sensualmente una mano por su espalda. Un incendio se declaró entre sus piernas al notar el roce de sus dedos en el interior de los muslos…

Podía sentir el calor de su cuerpo… era un tormento y un placer a la vez.

–¿Aún no estás despierto?

El tono burlón lo hizo sonreír.

–Sí, estoy despierto –contestó–. ¿Qué haces?

–Será mejor que te des la vuelta.

Draco obedeció, apretando los dientes cuando ella lo tomó en su mano y empezó a acariciarlo, abriendo con la otra un paquetito que ella misma había sacado del cajón.

Estuvo a punto de perder la cabeza cuando la vio rasgar el paquetito con los dientes y ponerle después el preservativo con toda meticulosidad.

Pero cuando alargó las manos para sujetar sus caderas, ella las apartó.

–Deja que lo haga yo –susurró Blair–. Deja que yo cuide de ti ahora.

Draco no estaba acostumbrado a dejar que otra persona llevase el control, fuera en el dormitorio o en la oficina, pero por Blair era capaz de hacerlo. Su calor amenazaba con consumirlo mientras doblaba las piernas para acercarse más.

El instinto le pedía que se hiciera cargo, que empujase hacia arriba, pero se contuvo.

Un gemido escapó de su garganta cuando ella bajó las caderas, apoderándose de él completamente, moviéndose luego arriba y abajo, aumentando el ritmo hasta que sus cuerpos estaban cubiertos de sudor.

Pero ya no podía controlarse. Draco alargó una mano para acariciar sus pechos, apretándolos cuando ella se inclinó hacia delante. Y luego perdió la cabeza, el placer como olas que lamían su cuerpo. Sin control, empezó a empujar hacia arriba y fue recompensado por el grito de placer de Blair y los espasmos de su cuerpo contrayéndose a su alrededor.

La sujetó mientras llegaba al orgasmo y luego la tumbó a su lado, acariciando suavemente su pelo… pero Blair se levantó para quitarle el preservativo y llevarlo al cuarto de baño.

Un detalle pequeño, sin mucha importancia, pero ninguna mujer lo había hecho antes. Cuando volvió un minuto después y se tumbó a su lado, Draco cerró los ojos y se quedó dormido, convencido de que Blair lo deseaba tanto como la deseaba él.

Capítulo Cuatro

Blair despertó al oír a Draco moviéndose por la habitación, pero mantuvo los ojos cerrados. No quería verlo a la fría luz del día. Había aceptado pasar una noche con él, pero sabía que Draco querría más. Y que no aceptaría una negativa.

Oyó el sonido de un cajón al cerrarse y luego el roce de unos pies desnudos sobre la alfombra, pero esperó hasta que cerró la puerta del baño para abrir los ojos. Quería irse de allí, en ese mismo instante.

Había sido la noche más espectacular de su vida, pero Draco no dejaría que todo terminase allí. Los hombres como él siempre necesitaban más.

Sus padres esperaban que se casara y formase una familia y no podría hacer eso con alguien como ella. Además, Blair no quería ser esa persona. Seguramente no podría serlo.

Su fracaso con Rhys era la prueba categórica de que no estaba hecha para relaciones duraderas y con su historial familiar… no, mejor no tomar ese camino. Además, ¿cómo iba una chica como ella a formar parte de una tradición de siglos? No, lo mejor sería hacer una retirada silenciosa, antes de que Draco pudiese tentarla a quererlo más, a quererlo a él otra vez.

De modo que se levantó de la cama y puso los pies en la espesa alfombra, tan diferente al pulido suelo de madera de su apartamento. Otra prueba de lo diferentes que eran sus vidas. Pero al levantarse sintió un escozor muy particular… que le recordó lo que había pasado por la noche y envió un escalofrío de deseo por todo su cuerpo.

Blair miró alrededor buscando su ropa… y recordó entonces que Draco la había desnudado en el cuarto de baño, de modo que su ropa seguía allí. ¿Podría entrar a recogerla sin que él se diera cuenta? Lo dudaba.

¿Y qué iba a hacer, volver a casa envuelta en una sábana?

Blair atravesó la habitación y puso la oreja en la puerta del cuarto de baño para comprobar si estaba en la ducha. Pero sería imposible entrar sin que la viera, de modo que lo único que podía hacer era ponerse algo de Draco y salir de allí a toda velocidad. Siempre podía devolvérselo por mensajero, pensó.

En la cómoda encontró una camiseta y un pantalón de chándal. Draco era más alto que ella, pero no tanto como para que los pantalones arrastrasen por el suelo y, como se ajustaban con una cinta, no se le caerían al suelo. Aunque parecía un payaso.

Y no tenía zapatos…

Una rápida mirada al armario le confirmó que sería imposible salir a la calle con unos zapatos tan enormes. De modo que tendría que olvidarse del calzado y rezar para encontrar pronto un taxi.

Pero se quedó inmóvil al notar que el ruido de la ducha había cesado repentinamente.

Tenía poco tiempo, de modo que salió del apartamento y corrió hacia el ascensor, sin dejar de pulsar el botón mientras miraba hacia atrás. Cuando las puertas se abrieron, subió de un salto y luego se rió de sí misma por lo ridículo de la situación.

¿Qué esperaba, que Draco apareciese tras ella para llevarla a rastras al apartamento y retenerla allí como su esclava sexual para siempre?

Suspirando, se miró en las paredes de espejo, pasándose los dedos por el pelo. Tenía un aspecto ridículo, pero no podía hacer nada más.

Draco había pedido una noche y había tenido una noche. Eso tenía que ser suficiente… para los dos.

Algunas personas podrían llamarlo «salir huyendo», otros una «retirada táctica». Si no estaba en el apartamento o en el restaurante, Draco no podría encontrarla y eso era lo que Blair quería.

En cuanto llegó a su apartamento se quitó el chándal para darse una ducha, agradeciendo que cesase el pequeño escalofrío que sentía al notar el roce de la ropa de Draco sobre su piel desnuda.

Tiró el chándal en la cesta de la ropa que Gustav o algún otro de sus empleados se encargaban de llevar siempre a la tintorería y luego guardó un par de cosas en una bolsa de viaje, las suficientes para un par de días.

No había visitado a su padre desde que volvió de Italia y aquél era un buen momento, pensó. Los lunes y martes eran sus días libres, aunque normalmente trabajaba de todas formas, de modo que no estaba huyendo, se dijo a sí misma mientras tiraba la bolsa en el asiento de la furgoneta y se colocaba tras el volante. Un par de días en la playa le sentarían bien.

Mientras conducía hacia la casa que su padre había alquilado en la playa de Kaiaua, en la costa Seabird, al sur de la ciudad de Auckland, supo que estaba haciendo lo que debía. El agradable sonido del mar, los gritos de las gaviotas y la brisa empezaban a animarla.

Una vez allí, saltó de la furgoneta y corrió hacia la parte trasera de la casa, donde sabía que estaría su padre, frente al mar.

–Sabía que vendrías hoy –dijo Blair Carson padre cuando entró en la cocina.

–Hola, papá.

Se llamaban de la misma forma pero, al contrario que ella, su padre era una persona de naturaleza taciturna y ni siquiera una visita sorpresa podía hacerlo sonreír.

–¿Por qué sabías que vendría hoy?

Él señaló el ordenador que había sobre la mesa de la cocina y Blair comprobó que estaba leyendo las noticias en Internet. Aunque vivía a una hora de la ciudad y estaba retirado, le gustaba seguir el pulso de Auckland, sobre todo en lo que se refería al mundo de la restauración.

Pero su corazón se volvió loco al ver una fotografía de ella con Draco Sandrelli… una foto que debían de haber tomado a la puerta del restaurante. El artículo que acompañaba la fotografía estaba lleno de conjeturas e insinuaciones sobre «un algo nuevo y emocionante» en la vida de la chef Blair Carson. Y el reportero informaba también sobre Draco: su título nobiliario, la importancia de su familia en Italia… incluso decía lo que heredaría tras la muerte de su anciano padre. Y Blair sabía que a Draco no iba a gustarle nada en absoluto esa publicidad.

–Pensé que no querías saber nada de los hombres –dijo su padre.

–Y así es.

–¿Entonces?

–Es él.

–¿El hombre al que conociste en Toscana, en el *palazzo*? ¿El aristócrata?

–Draco viene de una familia de aristócratas, aunque hace años que no usan sus títulos. Pero sí, es él.

–¿Te ha seguido hasta aquí?

–No –contestó Blair–. Me lo encontré en el funeral del profesor Woodley y te aseguro que intenté convencerlo de que sería mejor no volver a vernos.

—Evidentemente, no sirvió de nada —comentó su padre, irónico—. ¿Piensas volver a salir con él?

Blair se levantó para sacar una taza del armario y servirse un café.

—No. Lo de anoche fue... algo que no volverá a pasar.

—¿De verdad?

—De verdad, papá.

—Es una pena. Yo creo que deberías volver a verlo. Aunque sólo sea por la publicidad para el restaurante —suspiró él—. ¿Quieres desayunar?

¿Qué? ¿El interrogatorio había terminado ya? Blair no podía creer que su padre dejase el tema tan fácilmente.

—Sí, gracias, estoy muerta de hambre.

—Tú siempre estás muerta de hambre. Y ya es hora de que engordes un poco, jovencita.

—Mira quién habla —bromeó Blair.

Su esbeltez era un legado de su padre. Bueno, ella pensaba que era sólo de su padre porque nunca había visto una fotografía de su madre y sus recuerdos de ella eran muy vagos... más una sensación que otra cosa; una fragancia también, el sonido de unos sollozos por la noche.

El café le dejó un sabor agridulce en la boca. ¿Qué tenían su padre y ella que los condenaba a no encontrar el amor?, se preguntó.

Había perdido la cuenta de las relaciones fallidas en las que su padre se había embarcado cuando ella era niña y luego, de adolescente.

Pero siempre se habían apoyado; por muchas mujeres que entraran y salieran de su vida, siempre se tendrían el uno al otro.

¿O no?, se preguntó Blair.

Su padre estaba tan frágil. Un infarto lo había obligado a retirarse antes de lo que le hubiera gustado. De hecho, sólo haciéndose cargo del restaurante había conseguido que se retirase a la casa de la playa. Y aunque se había mostrado encantado de hacerse cargo del restaurante mientras ella hacía el tour culinario por Toscana, un viaje que debía haber sido su luna de miel, Blair se daba cuenta de que había sido agotador para él.

Le debía a su padre convertir el restaurante Carson's en el mejor de Auckland, su sueño también. Pero si quería conseguirlo, tenía que ponerlo todo en ello.

Y eso significaba apartar los recuerdos de la noche anterior y a Draco Sandrelli de su cabeza para siempre.

Blair se sentía llena de energía cuando volvió a su apartamento el miércoles. Llena de energía y concentrada en lo que era realmente importante para ella.

La llamada de Gustav había confirmado la predicción de su padre de que el artículo de Internet sería buena publicidad para el restaurante. Por lo visto el lunes y el martes, tradicionalmente los días más tranquilos, Carson's había hecho una caja superior a la normal.

Canturreando para sí misma, Blair se dedicó a comprobar que todo estuviera preparado para organizar el menú de esa noche. Pero cuando entró en el diminuto despacho anexo a la cocina, desde donde solía llamar a sus proveedores y redactar la carta, se detuvo de golpe. Allí, sobre la silla, había una bolsa de la tintorería. Y, sobre la bolsa, una nota con un enorme signo de interrogación y una frase:

Imagino que esta ropa no es tuya. Gustav.

Porras, se había olvidado del chándal de Draco. ¿Lo habría echado de menos? No, qué absurdo. Y devolvérselo sólo serviría para despertar su atención otra vez.

Tomando la bolsa, Blair subió a su apartamento. No quería pensar en Draco Sandrelli aquel día.

La noche empezó con la rutina de siempre y se alegró de estar de vuelta en la cocina, haciendo las cosas que tanto le gustaba hacer. Pero cuando cerraron el local estaba agotada y deseando poner las piernas en alto. Con la cocina limpia y la mayoría de los empleados a punto de irse, se sentó un momento para disfrutar del silencio.

Pero un golpe en la puerta la catapultó de la silla.

¿Quién podría…?

Blair apartó la cortina del cristal para mirar hacia la calle…

Draco.

–Déjame pasar, Blair. Tenemos que hablar.

–Ya hemos dicho todo lo que teníamos que decirnos. Una noche, ¿recuerdas?

–Vívidamente. Y tú también te acuerdas, *cara mia*. ¿Quieres que te diga cuáles fueron mis momentos favoritos? Seguro que al reportero que está sentado en el coche le encantaría tomar notas.

¿Reportero? Blair miró hacia la calle. Efectivamente, había un coche aparcado frente al restaurante y le pareció ver el reflejo de una cámara por la ventanilla… de modo que abrió la puerta a toda prisa.

–¿Por qué has traído un reportero?

–Yo no lo he traído, ya estaba ahí cuando llegué. Ha habido reporteros frente a mi apartamento y siguiéndome en el coche desde el lunes –Draco levantó una mano para acariciar su cara–. Has tomado el sol. ¿Dónde has estado escondida estos días?

–Para tu información, Draco Sandrelli, no estaba escondida. Fui a visitar a mi padre. Yo, como todo el mundo, tengo días libres.

–Ah, me impresiona que te tomes días libres –sonrió él–. Según tus empleados, eso no ocurre a menudo. Una coincidencia, ¿no te parece?

–¿Qué?

–Que salgas corriendo de mi apartamento sin decirme adiós y luego desaparezcas durante dos días… a mí me parece que estabas escondiéndote.

–¿Qué es lo que quieres? –suspiró ella–. El restaurante está cerrado.

–¿Qué es lo que quiero? –sonrió Draco, envolviéndola en sus brazos con la familiaridad de un amante–. Yo te demostraré lo que quiero –dijo luego, inclinando la cabeza para rozar el lóbulo de su oreja con la lengua.

A Blair se le doblaron las rodillas, pero el sentido común prevaleció. Estaban en su restaurante, con un reportero en la puerta. Aquello era una locura.

–No, Draco, para, por favor. No podemos…

–Muy bien, entonces iremos a algún sitio donde podamos estar solos. ¿A tu habitación quizá?

–Para hablar –dijo Blair.

–Si eso es lo que quieres…

Su burlona sonrisa envió un escalofrío de deseo por todo su cuerpo, pero intentó controlarse, negándose a dejar que fuese Draco quien controlara sus reacciones.

Sentía su presencia tras ella mientras atravesaba la cocina para ir a su apartamento y se le erizaban los pelillos de la nuca, casi como si estuviera tocándola.

–Espero que ningún reportero se haya colado por la parte de atrás…

Draco la siguió por la escalera y cuando abrió la puerta de su apartamento, de repente Blair se vio asaltada por la enorme diferencia entre sus formas de vida.

Draco Sandrelli era un hombre rico, un aristócrata europeo, con una herencia que databa de siglos. Incluso su apartamento de Auckland era la residencia de un millonario... aunque sus líneas sencillas no se parecían nada a la opulencia del *palazzo*.

«Un *palazzo*», pensó para sí misma. ¿Cuánta gente podría decir que su pequeño apartamento era un *palazzo*?

Oh, sí, eran muy diferentes. Por alguna razón no le había importado eso cuando estaba en Toscana, pero incluso entonces sabía que no podría durar. Nada duraba para siempre.

La vida de Draco era todo lo contrario a la suya y, evidentemente, nadie le había dicho nunca que no.

—¿Quieres tomar algo? –le ofreció Blair mientras él miraba alrededor.

Seguramente le parecería un apartamento desordenado y poco elegante. Pero para el tiempo que pasaba en él, era más que útil.

—No he subido para tomar nada.

—¿Entonces para qué has subido?

El brillo de sus ojos la dejó clavada en el suelo. Draco la deseaba, punto. Y débil que era, ella lo deseaba también.

—Vuelve a mi apartamento –le dijo en voz baja–. Ven y quédate conmigo hasta que vuelva a Italia.

–No puedo.

–¿Por qué no? La seguridad de mi edificio nos librará de esos reporteros tan pesados. Además, tú sabes que quieres venir. Si te tocase, tu piel estaría ardiendo… y si pusiera una mano en tu pecho, notaría que tu corazón está acelerado.

Blair se quedó sin aliento. Casi podía sentir el tacto de su mano, tan evocadoras eran sus palabras.

–Vuelve a mi apartamento –insistió Draco.

–¿Durante cuánto tiempo? –preguntó ella, intentando encontrar valor para resistirse. Porque si no lo hacía, sabía que tarde o temprano Draco le rompería el corazón.

–Dos semanas, tal vez tres.

La idea de continuar lo que habían dejado a medias la otra noche la llenaba de deseo. Draco Sandrelli se le había metido en la piel… pero no sería para siempre, se dijo. Podían estar juntos durante unas semanas y, después, él se marcharía a Italia y ella podría seguir adelante con su vida.

Blair miró alrededor. Aparte de llevarse algo de ropa, no echaría nada de menos. Y, sin embargo, si aceptaba mantener aquella aventura temporal, porque eso era exactamente lo que iba a ser, ¿podría estar segura de escapar con el corazón intacto?

–¿Blair?

–Sí, de acuerdo.

Draco sonrió y su estómago dio un vuelco de emoción al ver la alegría que provocaba su respuesta.

—¡Genial!

—Voy a guardar algunas cosas en una bolsa de viaje... sólo tardaré un momento.

Pero le temblaban ligeramente las manos mientras guardaba las cosas de aseo en la bolsa. Estaba loca. Completamente loca por hacer aquello. Pero ¿no merecía ella un poco de felicidad?, se preguntó. Aunque sólo fueran unos días.

Capítulo Cinco

Durante las siguientes dos semanas, la creatividad de Blair estaba por las nubes. Después de pasar las noches haciendo el amor con Draco esperaba salir del restaurante agotada, pero ocurría al contrario; nunca había estado más llena de vida, de energía. Sufría alguna vez de náuseas o mareos, sin duda debido a un virus estomacal que la había afectado unas semanas antes, pero en general se sentía mejor que nunca.

Aquella noche el restaurante estaba abarrotado, como ocurría últimamente. Aquella semana en particular había sido una locura porque Draco había aparecido en las revistas con el conocido millonario Brent Colby, que iba a casarse con una heredera. Aparentemente, la vida de Draco Sandrelli interesaba a todo el mundo y, por conexión, la suya también.

Seguía habiendo reporteros a la puerta del restaurante, pero en lugar de publicar cosas como: *¿Carson's se está volviendo un restaurante italiano?* o *¿Semental italiano en la carta?* empezaban a concentrarse más en el número de celebridades que querían ser vistas en el sitio de moda.

Blair se volvió para comprobar las últimas comandas pero, de repente, sintió que el suelo se movía bajo sus pies y tuvo que agarrarse a la encimera de aluminio.

–¿Estás bien, cariño? –le preguntó Gustav, a punto de salir con una bandeja para un grupo de actores de televisión que estaban celebrando haber sido nominados para algún premio.

Blair se llevó una mano a la garganta para controlar una ola de náuseas.

–No te preocupes, enseguida se me pasará.

–Deberías ir al médico. ¿Quién sabe? Puede que te hayas traído de Italia algo más que un hombre guapísimo.

Gustav le guiñó un ojo pero, aunque fingía estar de broma, Blair sabía que estaba preocupado.

Suspirando, tomó una botella de agua que siempre tenía a mano y dio un largo trago. Ese mareo había sido peor que los otros. Tal vez debería ir al médico, pensó. Marearse en una cocina llena de cuchillos afilados era un gran riesgo. Además, el negocio nunca había ido mejor y, al final de cada noche, Draco estaba esperándola para llevarla a su apartamento, donde cenaban juntos antes de irse a la cama. Y no para dormir precisamente.

Al día siguiente, cuando Blair llegó al restaurante, todos los empleados estaban alterados. Según los rumores, el crítico de la revista *Fine Dining* iba a ir a cenar esa noche en Carson's con un grupo de amigos, y Blair se subió por las paredes al darse cuenta de lo que eso podría significar para su restaurante y para ella.

Esa noche podría ser la noche en la que sus sueños se hicieran realidad y era imperativo que todo saliera a la perfección, de modo que miró y remiró varias veces la despensa y el congelador para comprobar que no le faltaba nada y que todo fuera de primera calidad.

Draco entró por la puerta trasera del restaurante y saludó al *sous chef* de Blair, Phil, que estaba ocupado haciendo las preparaciones para esa noche. Le sorprendió no encontrarla en la cocina, pero la vio de espaldas en su despacho. Y cuando entró, intentando no hacer ruido, comprobó que estaba mirando una página de la revista *Fine Dining* en su ordenador.

Poniendo las manos sobre sus hombros, Draco se inclinó un poco para darle un beso en el cuello.

–¡Qué sorpresa! –exclamó ella–. No sabía que ibas a venir.

Era imposible cansarse de ella, pensó Draco. Y, por eso, lo que tenía que decirle iba a ser aún más difícil.

–Hola, preciosa.

–¿Qué te trae por aquí?

–Me temo que no son buenas noticias.

–Ah, vaya.

–Tengo que irme unos días a Adelaida. Mi socio australiano ha tenido un accidente y, como no le darán el alta hasta la semana que viene, yo tengo que ver a unos exportadores –suspiró Draco. Pero, de repente, se le ocurrió una idea–. Ven conmigo, Blair. Deja el restaurante en manos de Phil y escápate conmigo unos días. Adelaida está preciosa en esta época de año.

–¿Cuándo te vas? –preguntó ella, levantándose.

–En un par de horas. Pero viajo en un avión privado, así que puedo llamar para decirles que esperen. Sólo tienes que decir que sí.

Serían unas vacaciones estupendas para los dos. Sí, él tendría reuniones y cenas de trabajo, pero siempre podía llevar a Blair del brazo. Además, sería estupendo alejarla unos días de Carson's. Blair trabajaba como si estuviera poseída y él quería recuperar a la mujer que había conocido en Toscana, más relajada, más tranquila.

–Me encantaría pero no puedo. Tengo que llevar el restaurante y esta noche va a venir Bill Alberts, el crítico de la revista *Fine Dining*. ¡Es la oportunidad que llevo años esperando!

Draco no entendía por qué no quería ir con él. Siempre podía dejarlo todo en manos de sus empleados, en los que confiaba por completo.

–¿Y ese Bill Alberts ha hecho una reserva?

–No, a su nombre no. Los críticos suelen venir sin avisar, ya sabes. Pero uno de sus socios ha reservado mesa para seis personas y estoy segura de que Bill Alberts es una de ellas, así que tengo que estar aquí. Es muy importante para mí.

Aunque Blair no estaba más lejos de él que un segundo antes, Draco sentía como si estuviera a kilómetros de distancia. Y no podía hacer nada para evitarlo.

–¿Cuándo volverás de Adelaida?

–Dentro de cinco días. ¿Me echarás de menos?

–Tú sabes que sí –rió Blair, aunque la risa le salió un poco artificial–. Y ahora, si me perdonas, tengo muchas cosas que hacer.

Pero Draco tiró de su mano cuando iba a salir del despacho y la envolvió en sus brazos. Sus pechos parecían más llenos, más firmes. Diferentes pero los mismos. ¿Un sujetador nuevo quizá? Estaba deseando verlo, quitárselo más bien. Pero tendría que conformarse con un beso que le durase cinco días.

Draco buscó sus labios ansiosamente, decidido a dejar una huella. Le molestaba admitir que Blair estaba encantada de poner el trabajo por delante de él… aunque su dedicación al trabajo era una de las cosas que más le gustaban de ella.

La primera vez que la vio, en la cocinas del *palazzo* con el grupo que hacía el tour gastronómico por la región de Toscana, Blair destacaba entre los demás de inmediato por su energía.

Excitado, la apretó contra su pecho mientras deslizaba la lengua dentro de su boca en una pálida imitación de lo que le gustaría hacer con otra parte de su cuerpo y Blair se derritió contra él.

Pero una tosecilla hizo que se apartaran de golpe.

–Perdón, no quería molestar.

–Estábamos despidiéndonos.

Draco soltó a Blair y en cuanto se apartó de ella se sintió… vacío, como si le faltara algo. Claro que prácticamente habían estado a punto de hacer el amor en la oficina. Era lógico que ya la echase de menos.

–Llegas temprano, Gustav –dijo ella, colorada hasta la raíz del pelo.

–No quería perderme el espectáculo… el de Bill Alberts, quiero decir.

–Pero si aún no sabéis si ese hombre va a venir o no –rió Draco–. ¿Por qué estáis todos tan emocionados?

–Porque llevo meses trabajando para este día. Si no aparece, lo usaremos como una especie de simulacro.

–¿No es cada noche una prueba, un simulacro con los clientes?

–Por supuesto, pero no todos los clientes saben tanto de gastronomía como Bill Alberts ni son tan influyentes. Bueno, venga, imagino que tendrás cosas que hacer antes de irte –sonrió Blair–. Yo, desde luego, tengo muchísimo trabajo.

Draco no podía creer que estuviera despidiéndolo de esa forma. Normalmente era él quien decía adiós y no sabía si reírse o enfadarse, pero decidió reír.

Porque cuando volviese a Auckland pensaba tener toda la atención de Blair para él solo… hasta tal punto que ella no quisiera volver a separarse nunca.

–*Ciao, bella*. Hasta el miércoles.

–Cuídate, Draco.

Blair ya estaba mirando de nuevo la pantalla del ordenador antes de que él saliera de la oficina.

–Es un rollo, ¿verdad? –sonrió Gustav.

–¿A qué te refieres?

–A que siempre está trabajando.

–Un pequeño problema, sí. Pero nada que no se pueda solucionar –replicó Draco, seguro de sí mismo.

Con un poco de suerte, Blair lo echaría tanto de menos como sabía que lo haría él. Y, por eso, lo que iba a sugerir cuando volviese sería mejor recibido, estaba seguro.

–Buena suerte, te hará falta –dijo Gustav–. Blair está casada con Carson's.

–Eso ya lo veremos.

Ya lo verían, sí, pensó Draco mientras salía del restaurante.

Blair tomó el teléfono para llamar a su padre. Él merecía saber que aquélla podía ser la noche que llevaban tanto tiempo esperando.

–¡Papá! –exclamó en cuanto oyó su voz al otro lado.

También su padre se mostró emocionado con la noticia… pero un poco aprensivo.

–Buena suerte esta noche, cariño. Ojalá pudiera estar ahí contigo. ¿Y tu chico, él va a estar en el restaurante?

–Papá, Draco no es mi chico. Sólo es… –Blair no terminó la frase porque no sabía qué decir.

¿Qué eran Draco y ella? En fin, no tenía tiempo para examinar sus sentimientos.

–¿Un amigo? –sugirió su padre–. Ten cuidado, Blair. No me parece la clase de hombre que se toma ese tipo de «amistad» a la ligera.

–Lo sé –suspiró ella–. Pero no pasa nada. Se ha ido de viaje hasta el miércoles y cuando vuelva… bueno, cuando vuelva ya veremos.

Unos minutos después de colgar Blair se preguntó qué pasaría cuando Draco volviese a Auckland. Se había portado de una manera tan… italiana esa tarde, esperando que lo dejase todo para irse con él.

Luego miró el calendario de la pared. Estaría fuera cinco noches. Cinco largas y solitarias noches. Pero, aunque tenía la llave, no pensaba ir a su apartamento. Prefería la familiaridad del suyo si iba a estar sola.

Era hora de ponerse a trabajar, pensó luego, mirando el reloj. Pero entonces, de repente, volvió a mirar el calendario. Había algo que no cuadraba… faltaba la nota que solía hacer al comienzo de su período. No era una marca grande o llamativa, sólo un puntito que solía poner para llevar la cuenta, por costumbre. Pero desde su viaje a Italia había olvidado hacerlo.

Blair intentó recordar… ¿había tenido el período y había olvidado anotarlo?

De repente, su frente se cubrió de un sudor frío.

No. Sabía que no había tenido el período desde que volvió de Toscana, estaba segura. Pero ella tomaba la píldora, era imposible que hubiera quedado embarazada… ¿o no? Nerviosa, empezó a contar con los dedos los días que habían pasado desde la última vez que recordaba haber tenido el período y se quedó parada cuando llegó a la semana en el *palazzo* Sandrelli. La semana que no debería haber ocurrido. Se había olvidado del tour gastronómico por el placer de estar con Draco…

¿Qué había pasado?, se preguntó. ¿Su ciclo se habría interrumpido debido al viaje y los cambios?

Entonces sintió de nuevo una ola de náuseas…

No, no podía estar embarazada.

Capítulo Seis

–¿Está diciendo que porque no tomé la píldora exactamente a la misma hora cada día no estaba protegida al cien por cien?

Después de simplificar lo que el ginecólogo le había dicho, Blair tuvo que controlar las lágrimas. Había dejado una muestra de orina a la enfermera, pero si lo que decía el médico era cierto, y no tenía por qué dudarlo, empezaba a temer que eso exactamente fuera lo que había pasado.

–Blair, estás tomando una dosis de contraceptivos muy baja. Tú sabías que podía pasar de todas formas, ¿no?

–Sí… bueno… no, la verdad es que no.

La alarma de su móvil la avisaba cada día a la hora que debía tomarse la píldora, pero no se lo había llevado con ella a Italia.

Y Draco había usado preservativos, pero Blair recordaba un par de ocasiones en las que la pasión los había pillado por sorpresa. Él le había asegurado que estaba absolutamente sano y Blair sabía que ella también. Y, tomando la píldora, no le pareció que pudiese haber ningún riesgo.

–¿Dices que tuviste tu último período en el mes de febrero?

Blair asintió con la cabeza. Al menos, ésa era la última fecha que había marcado en el calendario.

–Entonces… estarías embarazada de diez semanas.

Ante el gemido de sorpresa de Blair, el ginecólogo tuvo que sonreír.

–Veo que es una sorpresa para ti. ¿Debo entender que no tienes una relación con el padre?

Blair se limitó a sacudir la cabeza porque no encontraba su voz. ¿Embarazada? Era su peor pesadilla. ¿Cómo podía haberse quedado embarazada?

No dejaba de darle vueltas a la cabeza mientras el médico la examinaba.

–Todo parece estar bien, Blair. Tienes que hacerte un análisis de sangre y una primera ecografía para confirmar las fechas y todo lo demás… pero por el examen y la fecha de tu último período, creo que podemos decir con seguridad que tu niño nacerá a mediados de noviembre.

A mediados de noviembre. Parecía una fecha tan lejana y, sin embargo, estaba tan cerca. Blair volvió a casa y se dejó caer sobre su sillón favorito, intentando absorber la realidad de su embarazo.

Iba a tener un hijo de Draco Sandrelli.

Draco volvería a Auckland en unos días… ¿cómo iba a escondérselo? Draco era la clase de hombre que valoraba la familia por encima de todo. Se lo había dicho cuando se conocieron. Pero era un hombre chapado a la antigua y no querría que siguiera trabajando… sus valores familiares no se lo permitirían.

Ella tenía tantos planes para su restaurante que no había tiempo para pensar en un hijo. Un hijo. La idea le resultaba tan extraña.

Su vida se había puesto patas arriba por un estúpido error. Pero tenía que calmarse, pensar las cosas con tranquilidad.

Aunque era uno de sus días libres, decidió trabajar esa noche para hacer algo que le resultase familiar. No podía soportar estar a solas con sus pensamientos.

De modo que se quitó la tirita que aún llevaba en el brazo. Lo último que necesitaba era que alguien le preguntase por qué había ido al médico. Ya lidiaría con su embarazo, y con Draco, cuando tuviera que hacerlo.

Draco apretó los labios cuando Blair le dijo por teléfono que no podían verse. Aunque el viaje había sido agotador estaba deseando verla, tenerla en su cama. Desgraciadamente, ella no parecía sentir lo mismo.

Lo frustraba inmensamente que pudiera tomarse su relación de manera tan superficial cuando ni siquiera por Marcella había sentido tal pasión.

–¿No me has echado de menos?

–Sí, claro que sí. Pero tenemos muchos clientes y la cocina está a tope esta noche. Si quieres que te diga la verdad, estoy tan cansada cuando cerramos que lo único que puedo hacer es arrastrarme hasta la cama.

Había una frialdad en su tono que no le gustaba nada.

—¿Estás diciéndome adiós, Blair?

—No, claro que no. Es que tengo muchísimo trabajo, de verdad. No tengo energías para verte después de cerrar el restaurante.

—De modo que reservas toda tu pasión para el trabajo, ¿es eso? —le preguntó Draco, intentando parecer calmado, aunque por dentro estaba furioso—. Tu dedicación es admirable, pero ¿y tú?

—Yo estoy bien. Además, soy feliz cuando tengo mucho trabajo. Es lo que siempre he querido para Carson's y, según los rumores, Bill Alberts se quedó muy impresionado. Su crítica tiene que salir esta semana.

Draco notó de nuevo esa extraña frialdad en su voz…

—¿Hay algo que no me estés contando? No pareces la misma.

—No sé a qué te refieres…

—Por favor, deja que vaya a buscarte esta noche. Deja que cuide de ti.

Se excitaba al recordar la primera vez que había hecho eso. ¿Podría haber sido sólo tres semanas antes? Le parecía como si hubiera pasado mucho más tiempo. Claro que los últimos cinco días le habían parecido eternos al no tenerla a su lado. Echaba de menos a Blair en todos los sentidos y había planeado una reunión apasionada. Era una desilusión que le dijera que no.

–¿Blair?

–Mira, seguramente es mejor así de todas formas –dijo ella entonces–. El restaurante ocupa todo mi tiempo. Además, tú volverás pronto a Italia y tendremos que despedirnos de todas formas. Creo que es mejor que nos despidamos antes de que las cosas se compliquen.

–¿Qué quieres decir?

–Bueno, ya sabes, antes de que entren en juego las emociones.

De modo que Blair pensaba que en su relación no entraban en juego las emociones. Más que nada le gustaría refutar sus palabras, convencerla de que lo que estaba diciendo no era verdad.

Él había amado y sufrido antes de conocerla. Cuando Marcella murió había sabido lo que era sufrir, pero el dolor estaba unido al sentimiento de culpa. Culpa por no haberla amado lo suficiente o entendido lo suficiente para darse cuenta de que llegaría tan lejos como para arriesgar su propia vida con tal de darle lo que quería. Draco sintió una punzada de angustia al recordarlo. No había perdido sólo una vida, sino dos.

Marcella no debería haber quedado embarazada, pero le había escondido que tenía un defecto congénito de corazón que hacía peligroso el embarazo y, durante el segundo trimestre, había pagado el precio más alto por amarlo. En un momento en el que la mayoría de las mujeres estaban radiantes, Marcella se había ido marchitando hasta que su bello y generoso corazón falló, llevándose su vida y la del niño que esperaba.

Blair y ella no estaban enamorados, pero desde luego no podían negar la química que había entre ellos. Era más que eso, aunque Draco aún no podía ponerle nombre.

Nervioso, se aclaró la garganta antes de hablar:

—¿Estás diciendo que no hay ninguna emoción en esta relación nuestra?

—No puede haberla. Yo no soy esa clase de persona. Me robaría demasiado… y ahora mismo no puedo dártelo, Draco.

—¿Vas a negar que desde que estamos juntos tu creatividad ha florecido?

—No digas tonterías.

—¿Es una tontería cuando tiemblas de placer entre mis brazos? ¿Es ridículo cuando compartimos este lazo increíble…?

—Draco, por favor, déjalo ya.

—¿Dejarlo? Blair, eso suena sospechosamente emotivo. Sin emoción, *cara mia*, no vivimos de verdad. Créeme, yo lo sé muy bien.

—Y yo también. Y también sé lo que no quiero. Lo siento, Draco, pero éste tiene que ser nuestro último adiós.

Cuando Blair cortó la comunicación, él apretó el teléfono con tal fuerza que el plástico protestó. Lenta, deliberadamente, colocó el auricular en su sitio.

Bueno, como su viejo profesor solía decir: «Hay más de una manera de salirte con la tuya».

Blair sacó el correo del buzón, mirando distraídamente los sobres que llevaba en la mano mientras se dirigía hacia su furgoneta. Facturas, facturas… hubo un momento en que eso la habría preocupado, pero ya no. Tenía el restaurante lleno todos los días y por fin… ¡por fin! había conseguido las cinco estrellas del crítico de la revista *Fine Dining*. La vida nunca había sido más maravillosa.

Salvo por el asunto del embrazo.

Había pasado una semana desde que se lo confirmaron. Cinco días desde que cortó todo contacto con Draco y aún no sabía si debía decírselo o no. Su opción favorita en aquel momento era que no, aunque sabía que eso estaba mal.

Draco merecía saberlo, pero no quería contárselo porque estaba segura de que querría controlar su vida. Y eso no iba a pasar cuando por fin las cosas iban como ella había esperado desde que se hizo cargo de la cocina de Carson's.

Blair se detuvo al ver un sobre de muy buena calidad dirigido a ella. Le dio la vuelta para ver quién era el remitente y arrugó el ceño al identificarlo como el bufete de abogados de su casera, la señora Whitcomb. Pero ya había hablado con ellos cuando su padre se retiró para poner a su nombre el alquiler del local. ¿Qué podrían querer ahora?

Suspirando, subió a la furgoneta y tiró el resto de los sobres sobre el asiento antes de abrir el del bufete. Leyó la carta rápidamente una vez y luego volvió a leerla, despacio, incrédula.

Por lo visto, la propietaria de la antigua villa en la que estaba situada Carson's había decidido venderla.

Blair golpeó el volante de la furgoneta, frustrada.

—¡Maldita sea! —gritó.

¿Y si el nuevo propietario no quería alquilarle el local? Nerviosa, volvió a leer la carta, esperando encontrar alguna indicación, alguna pista, pero no había nada. Tendría que llamarlos por teléfono para indagar.

O tal vez, sólo tal vez, como el negocio iba tan bien podría pedir un préstamo para comprar ella misma el local…

Al día siguiente, aunque aún no había podido hablar con el abogado, Blair entró con aire confiado en el banco para pedir un préstamo. Como aval tenía la facturación de Carson's de las últimas semanas. Estaba segura de que eso los convencería.

Después de hacer números, el director del banco se echó hacia atrás en la silla y juntó los dedos. Y a Blair se le encogió el estómago.

—Bueno, señorita Carson, creo que podremos ayudarla.

Luego mencionó una cifra que hizo que el corazón de Blair se hinchase de alegría… durante un segundo. No podía imaginar cómo iba a pagar el préstamo si tenía que contratar a otro chef durante los últimos meses del embarazo. O cómo lo haría después de que hubiera nacido el niño.

–Sugiero que le haga una oferta a su casera basada en lo que hemos hablado hoy. Y buena suerte. En cuanto sepa algo llámeme para que podamos empezar con el papeleo.

–Muchas gracias. No tiene usted idea de lo que esto significa para mí.

–Seguro que sí –sonrió el hombre–. Llámeme en cuanto sepa algo, ¿de acuerdo?

–Sí, sí, claro.

Blair prácticamente corrió hacia su furgoneta, emocionada. El viaje de vuelta al apartamento pasó en un suspiro y, nada más entrar, buscó el teléfono para llamar al bufete. Tamborileaba con los dedos sobre la mesa mientras esperaba, escuchando una irritante musiquita, y estaba a punto de colgar cuando por fin contestaron.

–Soy Blair Carson. He recibido una carta en la que dicen que han puesto en venta el local que le alquilé a la señora Whitcomb y me gustaría hacer una oferta.

Blair mencionó la cifra que el director del banco había sugerido. Según él, lo mejor era hacer una oferta a la baja e ir subiendo, pero deseaba tanto comprar el local que no se molestó en regatear.

–Lo siento, señorita Carson, pero la señora Whitcomb ya ha aceptado otra oferta.

–¿Perdone? Pero si recibí la carta ayer mismo...

–Sí, la carta es una formalidad a la que el propietario está obligado pero, en el momento de enviarla, la propiedad ya había sido vendida.

–Pero…

–Lo siento mucho, señorita Carson.

–¿Quién ha comprado el local? –preguntó Blair entonces, intentando contener las lágrimas.

–No puedo decírselo, lo siento.

–¿Y qué planes tiene? ¿Han dicho algo sobre eso? Recuerde que tengo un restaurante…

–No, aún no sé nada sobre el asunto, señorita Carson. Pero le sugiero, como precaución, que considere la idea de buscar otro local… por si fuera necesario.

Blair colgó el teléfono sin despedirse, tan furiosa estaba. ¿Que buscase otro local? ¿Cómo iba a hacer eso? La zona de Ponsonby en la que estaba su restaurante era una de las más demandadas de Auckland y sus clientes se habían acostumbrado a ir allí… la crítica de la revista *Fine Dining* daba esa dirección… cambiarse de local podría ser la ruina para Carson's.

¿Qué iba a hacer ahora? Ni siquiera cuando descubrió la traición de Rhys y Alicia se había sentido tan devastada.

Pasaron varias horas hasta que por fin pudo calmarse un poco. Tenía por delante otra noche de trabajo y debía ordenar sus pensamientos.

Encontraría alguna manera de solucionar la situación, se decía a sí misma. Además, ¿por qué iban a echarla de allí? Era más que posible que el nuevo propietario no quisiera rescindir su contrato de alquiler. Sintiéndose un poco más animada por tal pensamiento, Blair bajó a la cocina.

Pero Gustav se dio cuenta de que pasaba algo en cuanto la vio.

–¿Qué pasa, cariño? ¿Es tu italiano? ¿Voy a tener que pegarle una paliza?

–No, no es Draco. Además, hemos dejado de vernos y…

Cuando empezaron a temblarle los labios, Gustav la tomó del brazo para llevarla a la oficina y la obligó a sentarse. Luego se puso en cuclillas para mirarla a los ojos.

–Vamos, cariño, cuéntamelo.

–Han vendido este edificio –le confió Blair entonces–. Yo he intentado comprarlo pero, cuando llamé a los abogados de la propietaria, ya lo habían vendido.

–Pero no pueden hacer eso –protestó el leal Gustav–. ¿No tendrían que haberte avisado con tiempo?

–Recibí una carta ayer, pero ya estaba vendido… bueno, la verdad es que aún no sé si el nuevo propietario querrá rescindir el contrato de alquiler. No debería preocuparme.

–Seguro que no pasa nada. Sólo tendrás que renegociar el contrato con el nuevo propietario. Estaría loco si quisiera cerrar Carson's.

–¿Pero y si quiere usar el edificio para otra cosa? ¿Y si…?

–No pasará nada, no te preocupes tanto. Ahora, sécate las lágrimas y vuelve a la cocina. Tenemos una noche asombrosa por delante.

–Oye, ¿quién es la jefa aquí?

–Yo soy la jefa –bromeó Gustav–. Pero dejo que creas que lo eres tú –añadió, incorporándose para salir de la oficina.

–¿Gus?

–¿Qué? –sonrió el maître.

–Gracias –dijo Blair–. Intentaré reunirme con el nuevo propietario para renegociar el contrato de alquiler.

–Ésa es mi chica.

La noche fue caótica, pero satisfactoria. Y cuando Blair por fin apoyó la cabeza en la almohada, estaba demasiado exhausta como para pensar qué iba a pasar con Carson's.

La mañana amaneció soleada. Era uno de esos increíbles días de otoño, con el cielo tan azul que uno podía quedarse mirando el techo de la habitación para siempre.

Blair se puso en contacto de nuevo con el abogado para pedir una reunión lo antes posible con el nuevo propietario, pero el hombre le dijo que necesitaba algún tiempo para hacerlo. Y cuando la llamó antes de que bajase a la cocina para decirle que el nuevo propietario estaba dispuesto a verla al día siguiente parecía tan sorprendido como ella.

Blair apenas podía concentrarse en el trabajo, tan aprensiva se sentía por esa reunión. Pero intentó copiar la actitud positiva de Gustav, como si esperando lo mejor pudiera hacer que ocurriese.

La noche le pareció interminable incluso después de haber cerrado el local, incluso después de ducharse y meterse en la cama.

Pero, al fin, llegó la mañana y Blair se vistió con sumo cuidado para dar una imagen profesional de sí misma y del restaurante.

Había acordado que se reuniría con el nuevo propietario del local a las diez, en Carson's, y Blair paseaba entre las mesas esperando que llegase la hora, preguntándose por enésima vez si debía cambiarse de ropa. Se había puesto su único traje de chaqueta, uno de color negro, con una camisola de seda azul que había comprado en Italia, pero la cinturilla de la falda empezaba a quedarle demasiado ajustada.

Suspirando, puso la mano sobre su abdomen. Su hijo. El hijo de Draco estaba creciendo dentro de ella y no podría ignorar los síntomas durante mucho más tiempo.

Un golpecito en la puerta hizo que se diera la vuelta, nerviosa. Blair se detuvo un segundo para tirar un poco del bajo de la falda antes de atravesar la sala para darle la bienvenida a su nuevo casero…

–¡Tú! –exclamó.

Un escalofrío recorrió su espalda. Porque era Draco quien estaba en la puerta, con una expresión que no había visto nunca: el ceño fruncido y los labios, normalmente curvados en una sonrisa, apretados hasta formar una fina línea.

Y ésa no era buena señal ni para Carson's ni para Blair.

Capítulo Siete

–¿Quién si no? No he podido verte de otra forma.

–Pero tú...

–Yo no estoy por encima de usar mi dinero y mi influencia si tengo que hacerlo. Y será mejor que lo recuerdes, *cara mia*.

–No me llames así. No soy tu querida, ni tu amante. No soy nada tuyo.

Mientras lo decía se le ocurrió que enfadarse con Draco no era lo mejor en esas circunstancias. Pero, de repente, sintió una ola de náuseas y tuvo que salir corriendo al lavabo.

Una vez allí, cayó de rodillas frente al inodoro y vomitó hasta que no le quedó nada en el estómago.

–Toma.

Draco le estaba ofreciendo una toalla de papel...

Oh, no. La había seguido hasta allí. Iba a darse cuenta de lo que pasaba.

–Cuando te encuentres mejor, nos vemos fuera.

Y, por su tono, no había la menor duda de que

iba a esperarla el tiempo que hiciese falta. Blair se lavó la cara y la boca bajo el grifo antes de mirarse al espejo, angustiada.

Después, con piernas sorprendentemente firmes, salió del lavabo. Draco estaba apoyado en la barra pero, a pesar de su aspecto aparentemente despreocupado, no podía disimular la tensión. Llevaba el pelo apartado de la cara y seguía teniendo las cejas fruncidas; sus ojos verdes, en general sonrientes, ahora oscurecidos.

–¿Cuánto tiempo pensabas esperar para decírmelo? –le espetó.

Blair se lo pensó un momento. No sabía si decirle la verdad o… no, lo mejor sería pasar al ataque.

–Yo podría peguntarte lo mismo. ¿Cuándo pensabas decirme que habías comprado el edificio? ¿Cuánto dinero le ofreciste a la señora Whitcomb?

–Lo habrías sabido en su momento, Blair. Pero no cambies de tema. Tú nunca estás enferma, de modo que imagino que lo que acaba de pasar sólo puede ser debido a una cosa. ¿Cuándo pensabas decírmelo? –Draco dio un paso adelante para tomarla por la cintura, manteniéndola cautiva.

Y su cuerpo, un traidor, respondió de inmediato. Cuando metió la mano bajo la chaqueta para acariciarla por encima de la camisola, sus pezones se endurecieron sin que ella pudiese hacer nada.

–¿Crees que no me había dado cuenta de que

tus pechos parecen más llenos que antes? ¿Que tu cintura es más ancha?

Blair sintió un escalofrío. Había una nota de acero en su voz que la asustaba. Una nota posesiva, dura.

–Mira…

–Esto lo cambia todo. Yo pensaba darte tiempo para que vieras que nuestra relación es lo que los dos necesitábamos, pero ya no puedo esperar. Ahora que vas a tener un hijo mío, he decidido no esperar ni un segundo más.

–¿Y yo qué? Lo dices como si mis deseos o mi opinión no contasen para nada.

Draco la miró, con los ojos brillantes, y Blair sintió un nuevo escalofrío. Pero esta vez no era de miedo, sino una reacción a la intensa mirada que conocía tan bien.

Una mujer más débil se hubiera rendido. Pero ella no era una mujer débil.

–¿Yo no tengo nada que decir? ¿Desde cuándo?

–El niño es un Sandrelli, y él o ella será criado y educado como corresponde –replicó Draco.

–¿De qué estás hablando? –exclamó Blair.

–Yo tengo una responsabilidad hacia mi familia, hacia las generaciones de Sandrelli que han vivido antes que yo. Este niño tiene una herencia, unos derechos que vienen de siglos atrás. Nacerá donde yo nací, donde nació mi padre y mi abuelo antes que él.

Draco intentaba disimular la alegría que le producía la noticia. Un hijo, un hijo suyo. Por fin podía llevarles algo de esperanza a sus padres, algo de felicidad en unas vidas que habían visto demasiadas penas. Primero la muerte de Lorenzo, su hermano, diez años antes, y luego, más recientemente, la de Marcella y el niño que llevaba dentro. Y después la enfermedad de su padre.

Aquel niño nacería donde le correspondía, en Toscana.

–Estás siendo muy poco razonable. Pero ya me lo imaginaba, por eso no te lo había dicho –protestó Blair–. Ni siquiera sabes si es tu hijo o no y ya estás tomando decisiones por mí sin pensar en cómo van a afectar a mi vida.

Draco se puso tenso.

–¿Te has acostado con otros hombres?

Blair no podía sostener su mirada, y ésa fue toda la respuesta que Draco necesitaba. No decía la verdad, estaba seguro.

–Contratarás a un nuevo chef para que se haga cargo del restaurante inmediatamente…

–¡No pienso hacer nada parecido! Carson's es mi restaurante, yo estoy a cargo, no tú. Además, yo soy una Carson como lo ha sido mi padre antes que yo. ¡Yo no vengo de una familia de rancio abolengo como tú, pero también tengo familia!

Draco tuvo que contener el deseo de sonreír al verla tan enfadada. Como si el legado de su familia pudiera compararse con las responsabilidades de la familia Sandrelli…

–No servirá de nada que discutas.

–¿Cómo te atreves? No puedes decirme dónde

debo vivir o dónde debo tener a mi hijo. Yo tengo un negocio en Auckland, mi casa está aquí y mi hijo nacerá aquí.

–Si quieres hacerte la dura, de acuerdo. Si no vuelves conmigo a Toscana para tener a nuestro hijo allí, donde le corresponde, rescindiré tu contrato de alquiler. Tú decides, Blair.

–¿Qué?

–Volveré mañana para que me des una respuesta.

Y luego salió del restaurante porque no confiaba en sí mismo estando con Blair. Pero ya había perdido un hijo y no perdería a otro si él podía hacer algo al respecto.

Seguía pensando en ello cuando su chófer salía de la limusina para abrirle la puerta. Y, mientras se dejaba caer sobre el suave asiento de cuero, sacó el móvil del bolsillo.

Las instrucciones para su ayudante fueron muy directas:

–Consígueme la dirección del padre de Blair Carson inmediatamente.

Diez minutos después, la limusina se dirigía hacia la autopista del sur, en dirección a la casa de Blair Carson padre. Y no tenía intención de marcharse de allí hasta que hubiera conseguido exactamente lo que quería.

Blair Carson padre no era lo que Draco había esperado. La casa en la que vivía no era más que una cabaña en la playa y, si su información era correcta, la alquilaba por meses. Desde luego, no era la estabilidad que él daba por sentada en su vida y tampoco la estabilidad familiar que quería para su hijo.

Pero enseguida vio el parecido entre padre e hija. Eran más o menos de la misma estatura y constitución, aunque el hombre que se acercaba hacia él caminaba ligeramente inclinado, su pelo oscuro cubierto de canas.

Draco le ofreció su mano y, sin perder el tiempo en presentaciones, le dijo exactamente lo que esperaba de él.

—¿Está diciendo que mi hija está embarazada? —exclamó el padre de Blair con expresión incrédula.

—Sí, señor Carson. Y para mi familia sería fundamental que llevase a Blair a Toscana conmigo. Pero usted sabe lo importante que el restaurante es para ella… no quiere dejarlo en manos de otra persona y tengo entendido que usted se encargó de la cocina mientras ella estaba en Italia, en el mes de febrero.

—Así es. Y me alegré mucho de volver a estar a cargo de la cocina —asintió el señor Carson.

—Entonces, imagino que podría hacer lo mismo mientras ella está en Toscana unos meses, hasta que nazca el niño. Si lo hace, le compensaré, se lo aseguro —Draco mencionó entonces una cifra que pareció sorprender al padre de Blair—. Me gustaría que se hiciera cargo del restaurante lo antes posible porque tengo asuntos que atender en Italia y me gustaría llevarme a su hija conmigo. Sé que, debido a su mala salud, es imposible que pueda hacer el trabajo que Blair ha hecho durante estos meses, pero estoy seguro de que podría contratar a alguien en quien confiase por completo… para que ella pueda irse a Italia tranquila.

–Parece usted dispuesto a hacer lo que haga falta para llevarse a mi hija, señor Sandrelli.

–Draco, por favor. Y le aseguro que haré todo lo que sea posible para protegerla durante el embarazo. Las horas que ha estado trabajando, la responsabilidad que lleva sobre sus hombros… nada de eso puede ser bueno para una mujer embarazada.

Cuando la imagen de Blair embarazada apareció en su cabeza, Draco sintió una ola de orgullo tan poderosa que casi le dolía el corazón.

–Yo no sé qué dirán las mujeres sobre ese asunto, pero yo estoy de acuerdo con usted –sonrió Carson, ofreciéndole su mano.

–Gracias. No sabe lo que esto significa para mí.

–¿Y Blair? Imagino que ella no sabe nada de sus planes y le aseguro que puede ser muy obstinada. No creo que esté de acuerdo.

Draco sonrió. Su padre la conocía bien, evidentemente.

–Yo me encargo de Blair, no se preocupe.

***

Draco llegó al restaurante a las diez de la mañana. Pero antes de que pudiese tocar el cristal de la puerta, ésta se abrió de golpe.

–¿Qué has hecho?

Blair parecía furiosa.

–Ya te advertí que no debías subestimarme. ¿Crees que hablaba de broma?

–¿Cómo has podido ir a hablar con mi padre a mis espaldas?

–He hecho lo que tenía que hacer…

–¿Lo que tenías que hacer? ¿Debo recordarte que éste es mi restaurante, mi negocio?

–No, en absoluto. Y tampoco yo tengo que recordarte que ésta es mi propiedad. Sé que no quieres cambiar de local y me parece bien, pero no seguirás trabajando diez horas diarias como una esclava.

–Mi padre no se encuentra bien. Él no puede encargarse de la cocina todos los días.

–Conozco bien las limitaciones de tu padre, Blair. No soy inhumano, a pesar de lo que crees. Le he pedido que contratase a alguien de toda confianza en tu ausencia. Pero, de todas formas, creo que lo animaría trabajar otra vez… en la playa se está haciendo viejo.

–Está descansando, que es lo que le han dicho los médicos que haga.

–Dime una cosa, Blair, ¿te parece tu padre la clase de persona que es feliz sin hacer nada?

Draco supo que ella estaba de acuerdo cuando dejó de pasear de un lado a otro.

–Dime, ¿te lo parece? –insistió, levantando su barbilla con un dedo.

–No, no lo es –suspiró Blair.

–Entonces, está decidido. Nos iremos la semana que viene.

–¿Tan pronto?

–No hay ninguna razón para quedarse más tiempo en Auckland porque todo estará controlado. ¿Quién más cualificado que tu padre para llevar Carson's?

–Yo –dijo Blair–. Yo estoy más cualificada, soy más joven, estoy sana y éste es mi negocio.

–Pero también estás embarazada y ser chef es un trabajo agotador. El niño es lo más importante ahora.

Los ojos castaños de Blair echaban chispas.

–Muy bien. Volveré a ese precioso *palazzo* tuyo y tendré a tu hijo allí si eso es lo que quieres. Pero voy a decirte una cosa, Draco Sandrelli: volveré a Nueva Zelanda en cuanto haya dado a luz.

Él contuvo el aliento durante unos segundos. Y después, cuando habló, su voz sonaba absolutamente calmada, sin indicación alguna de la rabia que sentía:

–Si vuelves, será sin el niño.

–Lo que haga falta para librarme de ti –replicó ella, tan furiosa que no era capaz de reflexionar.

Capítulo Ocho

Los días siguientes pasaron en un suspiro. Blair apenas tuvo posibilidad de hacer nada más que trabajar y estar con Draco, que no se separaba de su lado... incluso quiso ir con ella al ginecólogo el lunes por la mañana, antes de tomar el avión.

Se sentía rara mientras entraban en la consulta, notando el calor de la mano de Draco en su espalda. Parecían una pareja normal visitando al ginecólogo, pero Blair sabía que no lo eran.

–De verdad, Draco. Vine a la consulta hace dos semanas y todo estaba bien. No tenía que volver hasta dentro de quince días.

–El ginecólogo no sabía entonces que tendrías que viajar...

Ella levantó los ojos al cielo.

–¿Ahora eres médico?

–No, pero estoy a punto de ser padre y tengo una responsabilidad hacia mi hijo.

–Sólo estoy embarazada de doce semanas y tengo muy buena salud. Aparte de estar un poco cansada, me encuentro perfectamente...

–¿Señorita Carson? Ya puede pasar –sonrió la enfermera.

En cuanto entraron en la consulta del ginecólogo y Draco empezó a hacer preguntas sobre su salud y la del niño, Blair se sintió invisible.

–¿Entonces me asegura que no hay preocupación alguna por la salud de Blair, que podemos viajar sin problemas?

–Yo no he visto absolutamente nada por lo que deba preocuparse, señor Sandrelli. El último análisis de sangre demuestra que Blair está perfectamente en todos los sentidos: niveles de colesterol, azúcar en la sangre… básicamente todo. No hay ninguna razón para pensar que su embrazo vaya a ser problemático.

Blair dudaba que su presión arterial fuese normal en ese momento. El interés de Draco por su estado físico bordeaba lo obsesivo, lo neurótico. No era una cara de él que hubiese visto antes y no le gustaba nada.

–¿Lo ves? Ya te dije que estaba perfectamente.

–Perdona que me preocupe tanto, *cara mia*, pero quería estar seguro de que el niño y tú estarías bien.

Blair levantó los ojos al cielo, exasperada.

–Le aseguro que no esperamos complicación alguna, señor Sandrelli –sonrió el ginecólogo–. Por eso Blair ha venido a visitarme cuando tenía que hacerlo. Ella más que nadie sabe lo importante que es su salud.

–Por supuesto –asintió Blair, agradeciendo que el ginecólogo se pusiera de su lado.

–El viaje a Italia no será ningún problema, pero

estaría bien que se llevasen estos folletos informativos… para saber lo que debe comer y lo que no le conviene. Siempre es mejor que toda la familia coma el mismo menú que la futura mamá, para que no haya tentaciones. Además, Blair ya está tomando calcio, ácido fólico y un suplemento de hierro.

–Gracias por la información.

–De nada –sonrió el médico, levantándose–. Bueno, y ahora vamos a hacerle una ecografía. Seguro que Blair está impaciente.

Ella podría haberlo abrazado. Que Draco se quedase allí esperando pacientemente mientras alguien hacía preguntas absurdas.

–Pueden llevarse el resultado de las pruebas con ustedes o yo mismo puedo enviárselas al ginecólogo que hayan elegido en Italia.

–Nos gustaría llevárnoslas –contestó Draco, antes de que Blair pudiese decir una palabra–. Nos iremos a finales de semana, pero supongo que tendremos tiempo de recogerlas.

–Sí, por supuesto.

Mientras Blair se tumbaba en la camilla, Draco se sentó en una silla a su lado, extrañamente callado mientras el ginecólogo le ponía gel en el abdomen. Iba detallando cada paso del proceso y Blair se lo agradeció porque aquél era un territorio aterrador para ella. Sólo dos semanas antes ni siquiera había pensado en un embarazo. De hecho, había evitado la posibilidad de pensar en ello, pero ahora era una realidad.

Una realidad que estaba allí, en la pantalla.

—Ahí está —dijo el médico—. Es hora de conocer a tu niño.

Los ojos de Blair estaban clavados en la pantalla. Resultaba difícil creer que aquel ser humano tan pequeño empezase a crecer dentro de su cuerpo cuando por fuera apenas había señales de su presencia.

—Parece que se mueve… —murmuró, volviendo la cabeza para mirar a Draco.

Pero, al ver su expresión, no terminó la frase. Parecía emocionado y en sus ojos había un dolor que la dejó sorprendida. Su animosidad temporalmente olvidada, Blair alargó una mano para apretar la suya porque necesitaba conectar con él de alguna forma.

Draco la miró entonces y se quedó helada al ver que tenía los ojos empañados, al ver lo que ese niño significaba para él.

Draco ya quería a ese niño, era parte de su vida. Y, sin embargo, para ella el embarazo era algo extraño. Ni siquiera la evidencia en la pantalla le parecía real.

El abismo que los separaba se hizo entonces más pronunciado que nunca y, como si se hubiera dado cuenta, Draco apretó su mano.

—¿Puede hacernos una impresión de la imagen? —le preguntó al médico con voz sorprendentemente firme.

—Sí, claro, les haré una a cada uno.

Lo único que quería Blair era hacerse una bola

en su cama y llorar hasta que no le quedasen lágrimas. Pero ni siquiera podía hacer eso porque su padre se había mudado ya al apartamento. Ahora estaba en la residencia de Draco y, unos días después, estarían en el *palazzo* de los Sandrelli.

Draco se arrellanó en el cómodo asiento del avión que los llevaba de vuelta a casa. La semana había sido un torbellino de actividad para solucionar sus asuntos en Nueva Zelanda y Tasmania y apenas había pasado tiempo con Blair, pero dudaba que a ella le importase mucho.

No dejaba de pensar en la ecografía que llevaba constantemente en el bolsillo y que miraba a menudo. Nunca había ido al ginecólogo con Marcella porque siempre estaba demasiado ocupado y empezaba a darse cuenta de todo lo que se había perdido.

Cuando llegaron al aeropuerto privado a las afueras de la finca Sandrelli en San Gimignano, los dos estaban cansados. El viaje no había logrado romper la tensión que había entre ellos y, a pesar de que Blair había dormido un rato, seguía pareciendo agotada. De modo que llamaría al ginecólogo para que fuese a examinarla en cuanto llegasen.

Se preguntó entonces cómo vería el *palazzo* ahora que no era sólo una estancia de unos días, sino una residencia temporal. Esperaba que le gustase.

Los oficiales de aduanas que los recibieron en el aeropuerto fueron tan amables y eficientes como siempre y, poco a poco, Draco fue relajándose al estar de vuelta en su tierra. Su corazón se hinchaba de alegría al pensar que, algún día, su hijo sentiría lo mismo al volver a su casa.

Sólo habían pasado seis semanas desde que se marchó y el paisaje se había animado después de un invierno que se alargó hasta el mes de marzo. El campo estaba lleno de amapolas...

Sí, era estupendo estar de vuelta.

Una vez que los oficiales de aduanas les devolvieron sus maletas, Draco acompañó a Blair a la limusina. Y cuando estaban llegando al *palazzo* miró alrededor, observando lo que sustentaba parte del imperio de los Sandrelli: los olivos, como un ejército de gigantes verdes, y los viñedos interminables. En la cima de la colina, pertrechado contra los invasores desde el siglo XVI, estaba el palacio de piedra de los Sandrelli.

Era bueno volver a las raíces, pensó, a su familia.

Draco miró a Blair, pálida y rígida en el asiento, los ojos clavados en la ventanilla. Apenas había dicho un par de frases desde que salieron del aeropuerto, pero esperaba que pudiera relajarse. Por ella y por el niño.

Una vez en el *palazzo*, Draco la llevó a su habitación.

—No es la misma habitación en la que me alojé la primera vez, ¿no?

–No, la habitación en la que dormías está en el ala reservada para invitados.

–No sabía que el edificio fuera tan grande. Pero imagino que sólo vi una pequeña parte.

Draco asintió con la cabeza.

Blair sólo había visto las cocinas, donde se daban las clases para los tours gastronómicos, y la zona de invitados.

–Te haré un tour cuando hayas descansado un poco. Tal vez mañana, ¿eh?

–Sí, eso estaría bien.

Ni siquiera la habitación en la que iba a dormir le resultaba familiar. A la luz del atardecer, las cortinas de terciopelo rosado bordadas en oro tenían un aspecto tan invitador como la cama del siglo XIX que dominaba la habitación, pero…

–Es como un museo. ¿Seguro que puedo dormir aquí?

–Estos muebles llevan siglos en la familia… bueno, desde que eran nuevos. Y están para ser usados, naturalmente.

Draco le hizo una seña al mayordomo que llevaba las maletas.

–Una criada vendrá enseguida para colocar tus cosas.

–No hace falta, puedo hacerlo yo –protestó Blair.

–Sí hace falta. Pareces agotada. ¿Por qué no te vas a la cama? Así mañana podremos empezar de cero. ¿Qué te parece?

Algo en esa frase fue directamente al corazón de Blair. «Empezar de cero». Sí, era una idea muy interesante. Si pudiera empezar desde febrero, cuando estuvo allí por primera vez… ¿dónde estaría ahora? Allí no, seguro. Estaría en Carson's, haciendo lo que más le gustaba hacer.

En fin, pensó, podía estar enfadada durante todo el tiempo que estuviera en Italia o podía aprovechar la oportunidad.

–Gracias, eso me gustaría.

Draco levantó una mano para acariciar su cara y el roce, como siempre, hizo que sus terminaciones nerviosas enloquecieran. No la había tocado desde que apretó su mano en la consulta del ginecólogo, cuando estaban haciéndole la ecografía, y de repente se dio cuenta de cuánto lo echaba de menos.

Echaba de menos a Draco.

Los ojos de Blair se llenaron de lágrimas; lágrimas tontas que reflejaban el caos de emociones que había en su interior.

–Bueno, te dejo descansar –se despidió él.

–Draco, espera. ¿Dónde vas?

–A ver a mis padres, pero volveré enseguida. Yo duermo en una habitación al lado de la tuya, sólo nos separan dos puertas –contestó, sonriendo–. No te preocupes, Blair, no voy a alejarme mucho.

Ella asintió con la cabeza.

–*Buona sera*, Blair. Que duermas bien. Y no te preocupes por la criada. Entrará por la puerta del vestidor para no molestarte.

–¿El vestidor? Pero si apenas he traído ropa para llenar una cómoda…

–Tal vez podríamos ir a Livorno, en la costa, a pasar el día y hacer algunas compras –sugirió Draco entonces–. O incluso a Florencia. Evidentemente, necesitas un vestuario nuevo ahora que estás embarazada.

La emoción que había empezado a nacer en su interior desapareció por completo cuando le recordó el propósito de aquel viaje. El niño y nada más.

–Como tú quieras –murmuró.

Porque estaba claro que, a pesar de los lujosos muebles y el trato exquisito, estaba allí sólo porque esperaba un hijo suyo.

–No tiene que ser como yo quiera –dijo él entonces–. Me gustaría que tú también estuvieras ilusionada con el niño, Blair. Sé que nos hemos dicho cosas poco agradables el uno al otro esta semana, pero he dicho de corazón lo de empezar de cero. Piénsalo, ¿eh? Nos vemos por la mañana.

Cuando Draco desapareció, Blair se dedicó a investigar para familiarizarse con su nueva habitación. El enorme cuarto de baño de la suite era tan lujoso como el dormitorio, aunque afortunadamente mucho más moderno.

Suspirando, tomó su bolsa de aseo y un camisón de la bolsa de viaje y se preparó para irse a la cama.

Las últimas palabras de Draco seguían repitiéndose en su cabeza: «He dicho de corazón lo de empezar de cero».

Sería estupendo poder hacerlo, desde luego.

¿Pero y sus sueños? Por fin había logrado la aprobación del crítico más influyente de Auckland… sólo para tener que dejar el negocio en manos de su padre.

Blair se metió entre las sábanas, con un vago aroma a lavanda, y apoyó la cabeza en la almohada. Había pensado que lo tenía todo controlado en su vida, ¿pero dónde estaba el control ahora? En las manos de Draco Sandrelli, por supuesto. Y no había nada que ella pudiese hacer. Absolutamente nada.

Capítulo Nueve

Blair despertó a la mañana siguiente al oír el tintineo de una taza.

–*Buon giorno*, señorita Carson. Espero que haya descansado bien –una criada uniformada estaba dejando una bandeja sobre la mesilla–. Le he traído el desayuno. *Il signore* dice que debe estar lista dentro de una hora para hacer un tour por la propiedad. Ah, y según las instrucciones del médico, el café es descafeinado.

–Gracias –Blair se incorporó en la cama, respirando el aroma a café recién hecho–. ¿Son *cornetti*?

–Sí, de frambuesa. Sus favoritos, ¿no? Cristiano, nuestro cocinero, se ha acordado. Y hay un regalo para usted. *Il signore* quiere darle la bienvenida al *palazzo*.

Curiosa, y muerta de hambre, Blair apartó las sábanas mientras la simpática criada salía de la habitación.

Al lado del platito de *cornetti* había una caja de terciopelo alargada… la curiosidad ganó la batalla y Blair levantó la tapa sin esperar un segundo más. Dentro, sobre una cama de satén blanco, había una exquisita pulsera de plata con varios amuletos…

Ella normalmente no llevaba joyas porque eran un estorbo en la cocina pero, por el momento, podía ponerse aquella pulsera. Y cuando se la hubo puesto decidió que era una preciosidad. Era un detalle, desde luego.

Pero entonces su lado más cínico empezó a preguntarse si Draco tendría un mueble lleno de regalos como aquél para sus conquistas. En todos los artículos que se habían publicado sobre él en Nueva Zelanda aparecía con alguna de sus antiguas novias del brazo.

En cualquier caso, le encantaba la pulsera y le gustaba llevarla.

Pero su estómago empezó a protestar, recordándole los pastelillos que la esperaban, y se le hizo la boca agua mientras partía uno de ellos por la mitad. Por un momento, hasta su crítico cerebro de chef se olvidó de todo… eran deliciosos, recién hechos.

Cuando terminó de desayunar y darse una ducha, Blair estaba dispuesta a empezar el día, de modo que se puso un vestido suelto de color fresa porque el día prometía ser soleado. El vestido, con botones por delante, era muy cómodo, pero para darle un toque chic se puso un pañuelo multicolor al cuello.

Después de estudiar su imagen en el espejo decidió que tenía un punto años sesenta muy simpático, y eso le dio una gran dosis de confianza.

Mirando el reloj, Blair se acercó a una de las ventanas desde las que podía verse todo el valle.

Qué diferente del paisaje invernal que había visto la última vez que estuvo allí. Se preguntó entonces si debía esperar a Draco o ir a buscarlo...

Pero esperar no se le daba bien y estaba deseando tomar el sol y aprovechar aquella mañana de primavera, de modo que salió de la habitación.

Draco había dicho por la noche que su habitación estaba a dos puertas de la suya y decidió ir a buscarlo. Sus zapatos no hacían el menor ruido sobre la mullida alfombra... a dos puertas de la suya, pero se le había olvidado decir lo interminable que era el pasillo.

Blair vaciló un momento al llegar a la puerta de color crema con molduras doradas, exactamente igual que la de su habitación, pero al final levantó la mano para golpearla suavemente con los nudillos.

–*Buon giorno*, Blair –la saludó Draco–. Esta mañana tienes mucho mejor aspecto.

–Gracias, he dormido muy bien. Y gracias por esto –dijo ella, mostrando la pulsera.

–De nada. Entra, por favor, estaré listo enseguida.

Aunque los sillones estaban tapizados con una tela de flores, no había nada femenino en aquella habitación. Las paredes forradas de madera y los cuadros con escenas de caza se encargaban de eso.

–Hoy estás muy guapa. Y hueles de maravilla.

Blair sintió un pequeño cosquilleo cuando Draco inclinó la cabeza para darle un beso en el cuello.

–Gracias.

Él levantó su brazo para señalar la pulsera.

–Cada amuleto tiene un significado especial. Y todos tienen algo que ver con esta tierra y este sitio. Éste, por ejemplo, es el viñedo, donde hacemos nuestro *vernaccia*.

–¿El vino blanco que tomé la primera vez que vine aquí?

–Ese mismo.

–Intenté comprarlo para el restaurante, pero no pudimos conseguirlo de ninguna manera.

–Pues entonces tendremos que ver si se puede solucionar. Supongo que a tu padre le gustaría tenerlo.

A Blair le molestó que mencionase a su padre, como si no fuera ella la propietaria del negocio, pero se distrajo con el roce de la mano de Draco, que sujetaba su muñeca mientras le hablaba de cada amuleto. Cuando terminó, se dio cuenta de que se había apoyado en él; el calor de su torso dejando una impronta a través del vestido.

Nerviosa, se apartó, preguntándose por qué había vuelto a caer bajo su hechizo. La noche anterior había sugerido que empezasen de cero, pero ahora, a la luz del día, no estaba tan convencida de que fuese buena idea. Draco era el dueño y señor del *palazzo* y las tierras que lo rodeaban. ¿Dónde la dejaba eso a ella? ¿Y dónde su responsabilidad hacia Carson's?

–Draco, ¿puedo usar el teléfono?

–Sí, claro.

–Quiero llamar a mi padre para decirle que hemos llegado bien. He visto un teléfono en mi habitación, pero no sabía si podía usarlo para llamadas internacionales.

–Puedes usar cualquier teléfono para eso –dijo él–. Pero no te preocupes, ya lo he llamado yo.

–¿Ah, sí?

–Se ha alegrado mucho al saber que te encuentras bien. Me ha contado que cuando volviste a Nueva Zelanda en febrero tardaste unos días en recuperarte del desfase horario. Espero que ahora no te pase lo mismo.

–¿Viajando en un avión privado? Imposible –murmuró Blair–. Pero, si no te importa, cuando haya que llamar a mi padre, lo haré yo –dijo luego, molesta. Además de decirle que habían llegado bien, quería preguntarle cómo iba todo en el restaurante.

–Estás preocupada por Carson's, ¿verdad?

–Naturalmente. Y por mi padre también. Cuando nos fuimos aún no había encontrado un chef y me preocupa que tenga que hacerlo él todo en la cocina.

–Blair, tu padre es un hombre adulto y capaz de tomar sus propias decisiones.

–Eso es precisamente lo que me preocupa.

–Pero está tomando medicación, ¿no?

–Sí, pero es un cabezota.

–¿Por qué no lo llamas alrededor de las diez? Entonces serán las ocho de la mañana en Auckland.

–Ah, se me olvidaba la diferencia horaria –murmuró Blair–. ¿Y ahora? Ahora mismo es por la tarde en Auckland…

–¿Pero no estará ocupado en la cocina? No tendrá tiempo para hablar contigo y ya sabe que has llegado bien.

–Sí, bueno. Llamaré esta noche.

–Estupendo. Y ahora que hemos solucionado ese asunto, vamos a empezar el tour. ¿Qué prefieres ver primero, el *palazzo* o la finca?

–La finca, por favor. Hace un día preciso.

–Como tú digas –asintió Draco, con una sonrisa que le llegó directamente al corazón.

Mientras bajaban por la escalera iba contándole la historia de las antigüedades y los objetos decorativos que llenaban la casa y que, en general, databan de siglos atrás.

–¿No te preocupa que se rompan o se estropeen? ¿No deberían estar en un museo?

Draco soltó una carcajada.

–Son parte de mi familia. Si se rompen, se rompen. Intentamos cuidarlo todo con esmero, pero algunas de las piezas más valiosas están guardadas en armarios con puertas de cristal…

Blair envidiaba que se tomase aquello con tal despreocupación. Por cómodo y agradable que fuera el *palazzo*, dudaba que ella pudiera sentirse como en su casa algún día. Su infancia había consistido en ir de un lado a otro y ni siquiera tenía fotografías del colegio. Mientras Draco… Blair miró los retratos que colgaban de las paredes del pasillo. Él podía trazar sus antepasados hasta la época medieval.

Abajo, en el patio, los esperaba un brillante descapotable.

–¿Vamos en coche? –preguntó ella, sorprendida. Había esperado que fueran dando un paseo.

–He pensado que querrías ver toda la finca y para eso no podemos ir andando. ¿Prefieres que nos quedemos más cerca de casa?

«De casa». Su casa quizá, pensó Blair, mientras Draco la ayudaba a subir al coche.

–No, me parece bien. Además, es un descapotable, así que podremos disfrutar del buen tiempo.

Draco subió al coche y, cuando puso las manos sobre el volante, Blair pensó que era la primera vez que lo veía conduciendo.

–¿Por qué no conduces en Nueva Zelanda?

–Aparcar en la ciudad es una pesadez y prefiero no tener que molestarme con esas cosas –sonrió él–. Generalmente tengo un coche y un conductor para ir a las reuniones, pero cuando salgo con los amigos prefiero ir en la moto.

–¿Tienes una moto?

Blair se había quedado sorprendida. Draco siempre le había parecido tan sofisticado… pero imaginarlo con una chaqueta de cuero negro sobre una poderosa motocicleta le hacía cosas extrañas en su estómago.

–Sí, claro. Mis amigos, Brent y Adam, y yo tenemos una moto Guzzi idéntica. Cuando estamos juntos en la ciudad intentamos salir a dar una vuelta siempre que nos es posible. Esta vez no hemos podido, pero lo haremos la próxima.

Brent y Alan, Blair lo sabía, eran Brent Colby y Adam Palmer, dos hombres que aparecían frecuentemente en los periódicos, tanto en la sección de negocios como en las páginas de sociedad. Y, a juzgar por el interés de los medios por la relación entre Brent Colby y la heredera Amira Forsythe, esa popularidad no iba a disminuir en mucho tiempo.

–¿Cómo os conocisteis? Estabais los tres en el funeral del profesor Woodley, ¿no? ¿Estudiasteis en Ashurst?

–Sí, claro. Mis padres pensaron que sería interesante que mi hermano y yo terminásemos nuestros estudios en otro país y, como tenemos intereses económicos en Australia y Nueva Zelanda, él se fue a Sidney y yo a Auckland.

–¿Tu hermano?

–Mi hermano Lorenzo. Murió hace diez años en un accidente –suspiró Draco–. Estaba haciendo esquí acuático con unos amigos en la costa de Amalfi y, desgraciadamente, a un borracho que conducía una motora le pareció gracioso intentar arrollar a la lancha que tiraba de Lorenzo. Mi hermano se rompió el cuello y murió inmediatamente.

–Ah, lo siento –murmuró Blair–. Tu familia debió de pasarlo muy mal.

Él se volvió para mirarla.

–Fue horrible, sí, pero aprendimos a seguir

adelante. Y ahora estamos esperando un hijo. Mis padres... no tienes ni idea de lo que esto va a significar para ellos.

–¿Aún no se lo has contado?

Blair sabía que los padres de Draco vivían en la finca, no lejos de allí, en una casa más moderna que el *palazzo*, y esperaba que se los presentase aquel mismo día.

–No, anoche no me pareció el mejor momento. Mi padre estaba muy cansado y mi madre preocupada por su salud. Pero se lo contaré pronto –sonrió Draco–. Bueno, ¿empezamos nuestra aventura de hoy?

Blair asintió con la cabeza mientras él cambiaba de marcha, las ruedas del descapotable deslizándose por el camino de grava que llevaba a la carretera.

Se quedó asombrada por la diversidad del paisaje y por cómo usaban los Sandrelli sus tierras. Y eso le recordó la pulsera que le había regalado esa mañana. Cada amuleto representaba algo de la tierra, le había dicho, algo del trabajo de su familia. Blair empezó a sentir un nuevo respeto por él y por la responsabilidad que llevaba sobre los hombros.

Draco sentía un familiar orgullo mientras le mostraba la finca que era tan parte de él como la sangre que llevaba en las venas. Siempre era un placer ver la propiedad a través de los ojos de otra persona, pero esta vez era aún más importante. Blair debía entender lo que era ser un Sandrelli, lo que significaría para su hijo o su hija.

Iban de vuelta hacia el *palazzo* cuando Draco giró por un camino rodeado de olivos.

–¿Quieres comer algo? –le preguntó. Pero cuando giró la cabeza se quedó sorprendido al verla bostezar–. ¿Estás cansada?

–No, no... tener sueño es algo normal en las embrazadas –rió Blair–. Y sí, me apetece comer algo.

Draco giró a la derecha y detuvo el coche bajo unos árboles.

–Cristiano nos ha preparado el almuerzo. Dame un minuto y lo colocaré todo.

–¿Puedo ayudarte? –preguntó ella, levantando los brazos por encima de su cabeza cuando salió del coche.

Y, de inmediato, Draco se vio consumido de deseo. Como siempre, el cuerpo de Blair ponía el suyo en estado de alerta máxima.

–¿Ocurre algo?

–No, no, nada. Es que hoy estás preciosa. Este paisaje te sienta bien.

–Qué halagador –dijo ella, tomando la manta que tenía en la mano para colocarla en el suelo.

–Es la verdad. Yo no suelo mentir.

–Sí, ya me había dado cuenta.

Draco sacó una nevera portátil del maletero del coche y la colocó sobre la manta en la que Blair ya estaba sentada. Luego, sacando el pan que Cristiano había hecho esa misma mañana, se sentó a su lado.

–Qué maravilla.

Mientras comían, Draco le explicó parte del

proceso de la fabricación de aceite de oliva. Blair se había perdido la cosecha, que había tenido lugar en otoño porque en la Toscana se recolectaba la aceituna antes que en otras zonas del Mediterráneo, y ella estaba fascinada por todas las descripciones…

Pero, de repente, volvió a bostezar.

–Lo siento, Blair. No quería cansarte durante tu primer día.

–No estoy cansada. Y lo he pasado muy bien. Tal vez es un poco de desfase horario.

–Pues duerme un rato.

–¿Aquí?

–¿Por qué no? Aquí no nos molestará nadie. Hace calor, túmbate en la manta y cierra los ojos.

–Pero no puedo dormir aquí… y de día.

–¿Por qué no? –sonrió Draco. Con lo ocupada que estaba en el restaurante, seguro que nunca se echaba una siestecita. Pero si quería hacer lo mejor para el niño que estaba esperando, aprendería a tomarse las cosas con calma–. Venga, túmbate y descansa.

Blair hizo lo que le pedía.

–No voy a poder dormir.

–Ya veremos. Escucha la tierra, deja que el sol acaricie tu piel y relájate. Es muy sencillo.

Draco vio cómo cerraba los ojos y sonrió al ver que, poco a poco, iba relajándose hasta que, por fin, su respiración se hizo regular, su pecho subiendo y bajando suavemente…

Entonces se tumbó a su lado, con cuidado

para no tocarla. Tumbada de espaldas como estaba era más fácil ver los sutiles cambios que empezaban a operarse en su cuerpo; sus pechos parecían más llenos y su abdomen ya no era plano como antes. Incluso sus mejillas, antes tan angulosas, ahora parecían más redondeadas.

Le gustaban esos cambios, la hacían parecer menos formidable... más cercana. Y así, de repente, quería tocarla, verla desnuda, redescubrir la intimidad que habían tenido antes.

Cuando Blair despertó cuarenta minutos después, Draco sabía exactamente lo que iban a hacer el resto de la tarde.

Capítulo Diez

Cuando por fin abrió los ojos y miró alrededor, medio dormida, Draco se inclinó para buscar sus labios. Sólo era un roce, pero uno que tuvo el poder de despertar un gemido de deseo. Los ojos de Blair se oscurecieron un poco más, sus pupilas dilatadas...

Draco volvió a besarla, esta vez tomándose su tiempo, tirando de su labio inferior y chupándolo suavemente mientras la acariciaba con la lengua.

Un escalofrío lo recorrió de arriba abajo cuando Blair le devolvió la caricia. Colocándose sobre su cuerpo, pero sujetándose con las manos para no aplastarla, se apoderó de su boca, disfrutando mientras sus lenguas se batían en duelo, enredándose la una con la otra. Aquello era algo que podía entender. Era elemental, vital, como la energía de la tierra a su alrededor.

Mientras la besaba, con una mano empezó a desabrochar los botones del vestido, dejando al descubierto un sujetador de encaje blanco que apenas podía ocultar sus pechos... unos pechos de pezones endurecidos que parecían suplicar sus caricias. Draco trazó el borde de la prenda con la lengua y luego chupó el capullo endurecido por encima de la tela.

Blair, dejando escapar un gemido cuando la rozó con los dientes, clavó los dedos en sus brazos. Llevaría las marcas de sus uñas, estaba seguro, y esa idea lo hizo sonreír.

Draco siguió desabrochando el vestido hasta que, por fin, dejó al descubierto las braguitas. La acarició, apretando la palma de su mano contra ella, descubriendo su humedad, su calor. Pero cuando Blair empezó a moverse no pudo esperar más.

Su plan de hacerle el amor despacio tendría que esperar para otro momento. Un momento, quizá, cuando sólo con mirarla no se volviera loco de deseo. Prácticamente se arrancó la camisa, los botones volando por todas partes, y se apretó contra ella para notar el roce de su piel desnuda. Pero seguía habiendo una barrera entre ellos, de modo que la levantó suavemente y deslizó las tiras del sujetador por sus brazos para quitárselo.

—¿Estás segura de que quieres hacerlo? —murmuró con voz ronca.

—Sí, claro. Te deseo, Draco.

Esas palabras lo volvieron loco. Y más aún cuando empezó a acariciarlo como lo hacía siempre, sin inhibiciones.

Blair deslizaba las manos por su espalda, apretando sus músculos como si no pudiera cansarse

101

de tocarlo. Incluso desabrochó su cinturón con una destreza de la que Draco ya no era capaz, bajando la cremallera y metiendo la mano para tocarlo.

Ya no podía contenerse, pero los dos llevaban demasiada ropa. De modo que se puso de rodillas y le bajó las braguitas. Era preciosa, pensó, bajo los rayos de sol que se colaban entre las ramas de los árboles.

De repente, con el corazón extrañamente encogido, se quedó mirándola un momento, disfrutando de aquel hermoso cuerpo femenino. Pero el deseo, más urgente que nunca, lo empujaba a estar desnudo con ella, de modo que, con manos temblorosas, se quitó pantalón y calzoncillos a la vez.

–Dime otra vez que estás segura.

–Draco, por favor, no me hagas esperar –sonrió Blair.

–Entonces te daré lo que quieres.

Metiendo las manos bajo sus nalgas, se colocó encima y lenta, muy lentamente, empezó a penetrarla. Mientras lo hacía, sus ojos se encontraron, la intimidad de esa mirada aumentando el placer de la posesión. Pero Blair cerró los ojos cuando se enterró en ella del todo.

Su cuerpo estaba cubierto de sudor por el esfuerzo que hacía para contenerse, para hacer que durase todo lo humanamente posible.

Blair envolvió las piernas en su cintura, sujetándolo, moviendo la pelvis a su ritmo mientras le echaba los brazos al cuello. Y Draco temblaba por el esfuerzo, por la concentración, moviéndose una y otra vez hasta que perdió la cabeza.

Sujetando sus caderas con las dos manos, se apartó un poco… antes de volver a entrar en ella por última vez. Nunca había sentido algo así con una mujer, nunca se había sentido tan vulnerable, tan afectado. Pero el instinto se llevó la razón mientras se movía a un ritmo calculado para que los dos llegasen al final.

Su orgasmo lo sorprendió cuando empezaba a sentir el de ella y se dejó llevar por las sacudidas de placer. Todo su cuerpo temblaba mientras se tumbaba al lado de Blair, tirando de ella para apretarla contra su corazón. Y Blair se dejó caer sobre su pecho, temblando también, su corazón latiendo a toda velocidad, su respiración agitada.

«Esto es la vida», pensó Draco, pasando las manos por su espalda y disfrutando de las sombras que el sol creaba sobre sus cuerpos. Ojalá pudieran quedarse así para siempre…

Porque todo lo que había hecho antes de aquel momento había sido meramente un ensayo.

Se quedaron medio adormilados después, sin pensar más que el uno en el otro, en el ritmo de sus respiraciones, en la languidez que llegaba después del amor. Pero aun así había algo que turbaba a Draco… la insistencia de Blair de volver a Nueva Zelanda cuando el niño hubiera nacido.

Por perfecta que fuera su unión, ella no tenía intención de quedarse y formar una familia con él. Y él había tenido que comprar la propiedad y amenazar con quitarle el restaurante para convencerla que fuese con él. No se sentía orgulloso de lo que había hecho, pero no encontraba otra solución. Sin embargo, ese amargo recuerdo le restó placer a aquel momento.

Draco se movió, incómodo con esos pensamientos. Necesitaba distanciarse un poco de Blair para reorganizar sus pensamientos.

–Vamos, arriba –dijo en voz baja, acariciando su pelo–. Deberíamos volver a casa.

Blair protestó pero, poco a poco, empezó a apartarse también. Mientras se vestía miraba a Draco poniéndose la ropa. Se sentía satisfecha, saciada, pero también confusa.

¿Qué iban a hacer ahora? Seguir con su aventura mientras estaban en Auckland era una cosa, pero lo que había pasado aquella tarde lo cambiaba todo. Draco prácticamente la había forzado a ir a Italia y jamás hubiera creído que en veinticuatro horas estaría haciendo el amor con él otra vez.

Y habían hecho el amor. Draco se había mostrado tan cariñoso, tan tierno con ella. En cualquier momento podría haberle dicho que parasen, pero no había querido hacerlo.

Quería volver a hacer el amor con él, todo su cuerpo se lo pedía a gritos.

Suspirando, buscó el pañuelo, que se le había

caído mientras hacían el amor, y sólo cuando estuvo vestida del todo pudo mirar a Draco a los ojos. Y cuando él le sonrió volvió a sentir un escalofrío de deseo.

Blair se levantó, nerviosa, y lo ayudó a recoger la manta, pero Draco se la quitó de las manos.

–Tenemos que volver a hacer esto en otra ocasión, antes de que haga demasiado calor.

–Sí, estaría bien –murmuró ella, intentando decirle con los ojos cuánto le había gustado.

Draco estaba metiendo los faldones de su camisa dentro del pantalón, pero se había arrancado los botones y no pudo abrocharla. Blair miró su torso, suave y dorado, y sin pensar se pasó la legua por los labios.

–Si sigues mirándome así, puede que no lleguemos a casa antes de que anochezca –bromeó.

Pero bajo el tono humorístico, Blair notó algo… algo que no podía identificar. Era casi como si hubiera creado una distancia mental entre ellos. Y la distancia aumentó cuando subieron al coche.

Apenas dijo una palabra mientras volvían al *palazzo* y, cuando llegaron, se disculpó diciendo que tenía cosas urgentes que hacer. Blair lo vio desaparecer por los pasillos, sorprendida.

–¿Draco?

–¿Sí?

–¿Ocurre algo?

–No, no ocurre nada. Nos vemos a la hora de la cena, en el comedor. Si necesitas algo, encontrarás el número de mi despacho en la lista que hay en tu mesilla.

Blair asintió, pero no le gustó nada. ¿Qué esperaba, que se quedase en su habitación hasta entonces, sola?

Tenía que darse una ducha, pero no pensaba quedarse en la habitación por bonita que fuera. Había muchos sitios que explorar antes de la cena.

Después de ducharse y cambiarse de ropa, Blair bajó al primer piso. Quería ver si podía echarle una mano a Cristiano en la cocina. Y si no podía ayudar, al menos podría aprender algo, se dijo.

Pero cuando salió al patio y vio el reflejo del sol en el agua de la piscina, la imagen la distrajo de su intención.

El jardín era precioso, desde luego. Además de la piscina, a unos metros de allí había un edificio de una sola planta… los ladrillos lanzando reflejos dorados bajo el último sol de la tarde. Blair, intrigada, se acercó al edificio y descubrió que era un moderno gimnasio. Ah, así podría pasar el rato, pensó. Se preguntó si la piscina, a su derecha, estaría climatizada. Pero entre el gimnasio y la piscina al menos podría mantenerse en forma.

En casa, corriendo de un lado a otro en el restaurante, nunca había tenido que preocuparse por hacer ejercicio, pero ahora, de vacaciones forzadas hasta el nacimiento de su hijo, tendría que hacer algo.

Por fin, Blair volvió hacia el *palazzo* y, después de atravesar un pequeño huerto de hierbas, entró en la cocina.

–¿Hola?

–¡Señorita Carson! –la saludó Cristiano–. Qué alegría volver a verla.

–Lo mismo digo –sonrió ella–. Pero, por favor, llámame Blair.

–Muy bien –asintió el cocinero, estrechando su mano.

–¿Puedo ayudarte? Me voy a volver loca si no hago algo.

Cristiano señaló la enorme mesa de madera en el centro de la sala.

–Siéntate, por favor. Puedes mirarme si quieres.

Blair se dejó caer sobre una de las sillas de mimbre y el tiempo pasó volando mientras ella le hablaba de su restaurante y Cristiano de las nuevas recetas que estaba probando. Resultaba increíble que sólo hubieran pasado unos meses desde que estuvo allí… aunque era más increíble que hubiera vuelto.

Blair le contó que el crítico más famoso de Nueva Zelanda le había dado cinco estrellas y que los clientes tenían que reservar con meses de antelación. Aunque lo que de verdad quería era ponerse un delantal y trabajar a su lado.

Entonces se le ocurrió una idea…

–Cristiano, si no cocino mientras estoy aquí, me volveré loca. Además, cuando vuelva a casa me gustaría llevarme unas cuantas recetas nuevas para el restaurante. ¿Podrías darme clases? Sé que sueles hacer demostraciones para los tours gastronómicos… ¿sería demasiado pedir que me dieras clases particulares?

El cocinero iba a contestar, pero alguien se le adelantó:

—No estás aquí para trabajar.

Blair se levantó al oír la voz de Draco, pero lo había hecho tan rápido que se mareó y tuvo que sujetarse a la mesa.

—¿Estás bien? —Draco corrió a su lado para tomarla por la cintura.

—Sí, sí, es que me he levantado deprisa y… además, aprender unas cuantas recetas no es trabajar.

—Hablaremos más tarde —dijo él—. Ahora tenemos cosas más importantes que discutir. ¿Puedes venir conmigo o quieres quedarte sentada un rato más?

—No soy una inválida. Estoy perfectamente.

¿Dónde estaba el amante tierno de aquella tarde?, se preguntó. El Draco que tenía delante era el hombre que había comprado el restaurante para obligarla a ir con él a Italia, el que quería controlar dónde vivía y dónde tenía a su hijo.

Draco le dijo algo a Cristiano en italiano y el cocinero volvió a ponerse a trabajar.

—Ven conmigo.

Irritada por su actitud, Blair se negó a aceptar la mano que le ofrecía, pero se quedó sorprendida cuando llegaron a una sala llena de ventanales. La luz del sol que se reflejaba en la piscina entraba por esos ventanales dando una sensación de irrealidad, como si estuviera en otro mundo. Claro que aquél no era su mundo.

–Estaba pensando que podría usar el gimnasio…

–¿El gimnasio? –la interrumpió él, arrugando el ceño.

–Sí, y la piscina si está climatizada. Necesito hacer algo de ejercicio.

–La piscina está climatizada, pero será mejor esperar a ver qué dice el médico. Tenemos una cita con un especialista mañana.

–¿Un especialista? –Blair lo miró, sorprendida.

¿Cómo se atrevía a pedir una cita con el médico sin consultarlo con ella?

–¿Para qué? Estoy perfectamente. Además, leí varios artículos en Internet antes de salir de Auckland y todos los médicos recomiendan que las embarazadas hagan algo de ejercicio.

–¿Cómo sabes que estás perfectamente? ¿Y cómo sabes qué es bueno para el niño?

–¿Tú sí lo sabes?

–No, por eso he pedido cita con un especialista –suspiró Draco–. Perdona que me enfade –dijo luego, tomando su mano–, pero no quiero que corras ningún riesgo o que haya una emergencia de última hora para la que no estemos preparados.

Por alguna razón, Draco estaba aterrorizado de que perdiese al niño. Y, aunque debía admitir que ella no las tenía todas consigo, fue una sorpresa darse cuenta de que también él estaba asustado.

Draco siguió acariciando su mano, pero la expresión de Blair dejaba claro que estaba sorprendida por su actitud. Tal vez había exagerado, pero ella no había pasado por lo que él tuvo que pasar con Marcella. Y tenía intención de no volver a hacerlo. Estuviese Blair de acuerdo o no.

Capítulo Once

Draco podía ver todas las emociones escritas en su cara. La irritación fue seguida por la sorpresa y luego algo más. Y no tuvo que esperar mucho para saber qué era ese algo más.

–Muy bien, iremos a ese especialista, pero sólo si aceptas que tome clases de cocina de Cristiano –dijo Blair entonces–. Necesito seguir aprendiendo para llevarme recetas cuando vuelva a Carson's y, además, tengo que hacer algo o me volveré loca.

Draco tuvo que contener un suspiro de impaciencia. No soportaba que hablase de volver a Nueva Zelanda. ¿Pero qué podía costarle dejar que pasara un rato en la cocina? Cuando los empleados supieran que estaba embarazada, todos se encargarían de envolverla entre algodones.

–Muy bien, de acuerdo.

–Y el gimnasio también. El trabajo en un restaurante es más exigente de lo que la gente cree y debo mantenerme en forma.

–Si el especialista está de acuerdo, por mí no hay ningún problema. Contrataré a un entrenador personal, alguien que tenga costumbre de tratar con mujeres embarazadas.

–Muy bien –sonrió Blair–. No ha sido tan difícil, ¿verdad?

Draco asintió, pero tenía el corazón encogido. ¿Por qué no podía Blair querer lo que él quería? ¿Por qué insistía en volver a Carson's? Aunque un niño podía ser feliz viviendo sólo con su padre, sería infinitamente mejor que tuviese a los dos. ¿Era egoísta por su parte querer que su hijo o su hija tuviera lo que Lorenzo y él habían tenido de niños?

Esperaba poder convencer a Blair de que se olvidara del restaurante, pero si ella insistía en volver, ¿qué podría hacer?

Nada. Nada en absoluto.

El resto de la semana transcurrió de forma más o menos agradable. Draco desayunaba con ella antes de irse a trabajar y volvía a la hora del almuerzo para seguir enseñándole el *palazzo* y la finca.

Blair disfrutó mucho de su viaje a San Gimignano y se maravilló al ver la antigua iglesia y la cantidad de puestos por las estrechas calles.

Y, con la bendición del especialista, pasaba la mañana en el gimnasio. Gabbi, su entrenadora, hablaba su idioma perfectamente y tenía mucha experiencia entrenando embarazadas, de modo que las horas pasaban volando y cada día se sentía mejor.

Por las tardes iba a la cocina para aprender

con Cristiano, el mejor momento del día para ella, ya que la cocina era el único lugar del *palazzo* donde se sentía como en casa. Y estaba reuniendo una buena colección de recetas para su restaurante, aunque su vuelta a Auckland cada día le parecía más lejana.

Draco pasaba la mayor parte del tiempo en la oficina o en reuniones de trabajo y Blair solía nadar durante una hora antes de la cena. Su ritmo de vida era absolutamente diferente al que había tenido en Auckland y cada día estaba más relajada.

Draco y ella no habían vuelto a hacer el amor desde aquella tarde en el olivar y no sabía si eso debía molestarla o no, aunque se había sentido sola algunas noches cuando, después de cenar, cada uno se iba a su habitación.

Pero una mañana, Blair notó que Draco parecía distraído durante el desayuno.

–Puede que tenga que irme de viaje unos días –le dijo–. Tengo que resolver un problema en la oficina de Londres y no puedo hacerlo desde aquí.

–¿Cuándo lo sabrás? –preguntó Blair, jugando con su servilleta. Aunque le resultaba extraño estar con Draco allí, le resultaría aún más extraño estar sola en el *palazzo*–. Tendremos que posponer nuestro viaje a Livorno.

–Sí, lo siento. Había esperado no tener que viajar durante los meses que estuvieras aquí…

Allí estaba, el recordatorio de que no estaría

allí para siempre. ¿Por qué le molestaba tanto?, se preguntó Blair, confusa. Ella quería marcharse, quería volver a Carson's. Aunque su estancia en Toscana era idílica, lo que deseaba era volver a su vida normal. Pero había aceptado estar allí hasta que naciera su hijo y entonces y sólo entonces volvería a casa.

¿Su hijo? ¿Cuándo había empezado a pensar en él en esos términos? Blair se llevó una mano al abdomen, pensativa. El embarazo apenas se notaba... bueno, sólo cuando intentaba ponerse unos pantalones vaqueros o alguna prenda ajustada.

Por el momento, había conseguido no pensar mucho en el niño o pensar en él como el hijo de Draco, pero algo había ocurrido últimamente y, de repente, también era su hijo.

¿Podría hacerlo cuando llegase el momento?, se preguntó. ¿Podría dejar a su hijo y al hombre del que estaba enamorada?

Blair abrió mucho los ojos, sorprendida. ¿Enamorada? ¿Estaba enamorada de Draco?

Sus días eran más felices, más radiantes cuando él estaba cerca, tuvo que reconocer. La vida antes de él y la vida de ahora eran como dos existencias diferentes... como la comparación entre un simple plato de espaguetis y el delicioso plato de pasta con setas y mejillones en su concha que Cristiano le había enseñado a preparar el día anterior.

Y eso en sí mismo era un ejemplo perfecto de

lo que sentía. Echaba de menos verlo más a menudo, pasar más tiempo con él. Y, sobre todo, lo echaba de menos cada noche, cuando se separaban. En algún momento durante su tumultuosa relación, la atracción física se había convertido en algo más.

O quizá, pensó, lo había amado desde siempre sin darse cuenta. Su amarga experiencia con Rhys y la opinión de su padre sobre la vida y el amor la habían hecho desconfiar de las relaciones sentimentales, pero… quizá eso era lo que había empujado a Rhys a los brazos de Alicia. ¿Se atrevía a esperar que con Draco fuera diferente?

Eso sería arriesgarse mucho, pensó. ¿Sería capaz de hacerlo?

–¿Ocurre algo? –preguntó Draco.

Blair negó con la cabeza porque no confiaba en su voz. Desde el día que hicieron el amor, Draco se había ido alejando de ella. Sí, seguía mostrándose amable, un anfitrión perfecto, de hecho. Pero se había apartado emocionalmente.

Cuando llegaron al *palazzo* había bajado la guardia y, durante unas horas, habían logrado recrear el lazo que había entre ellos.

Pero eso había desaparecido. Habían perdido algo que Blair no sabía compartieran hasta ese momento. Y la pérdida, ahora que se daba cuenta, había dejado un vacío en su interior.

–Nos vemos esta noche entonces –dijo él, dejando la taza sobre el plato.

–¿No volverás a la hora de comer?

–Desgraciadamente, tengo muchas cosas que hacer en Florencia, pero volveré a la hora de la cena.

–¿Florencia? ¿Podría ir contigo? –preguntó Blair–. No tardaría nada en arreglarme.

–No, tal vez la próxima vez. Tengo reuniones todo el día y no quiero que te pierdas por la ciudad.

–Draco, soy una adulta, no voy a perderme. Y si me pierdo, tomaré un taxi.

–Prefiero enseñarte yo la ciudad cuando tengamos tiempo para disfrutarlo –insistió él–. Y me gustaría verla a través de tus ojos, además.

El corazón de Blair dio un salto dentro de su pecho cuando le sonrió. Pero tuvo que tragarse la desilusión y la ridícula sensación de abandono. Aquel día no era diferente a los demás, se dijo a sí misma. Se prepararía para su sesión de entrenamiento con Gabbi y luego disfrutaría del resto del día… sola.

Como le había dicho a Draco, ella era una adulta y tenía muchas cosas en que pensar antes de volver a verlo.

Blair hizo otro largo en la piscina, disfrutando de la caricia del agua sobre su piel. Pero no había llegado a conclusiones diferentes después de estar dándole vueltas todo el día. Y no había pensado en otra cosa.

Estaba tan distraída que hasta Cristiano había

empezado a perder la paciencia con ella en la cocina. Al final, decidió retirarse, diciendo que estaba cansada, para disfrutar de una siesta a la sombra de los árboles que rodeaban la piscina. Había despertado un poco aletargada, un letargo que iba desapareciendo con cada brazada.

Blair apoyó las manos en el borde de la piscina y estaba a punto de salir del agua cuando vio que tenía compañía. Sentada en una tumbona había una mujer espectacular… que tenía cierto parecido con Draco.

Y, a menos que estuviera muy equivocada, tenía que ser su madre. La mujer se levantó para acercarse con una sonrisa en los labios.

–¿Quieres que te ayude?

–Gracias –sonrió Blair, pensando que debería haberse puesto el bañador y no aquel biquini que no podía esconder su embarazo.

Aceptó luego la toalla blanca que le ofrecía y se envolvió en ella a toda prisa, pero la mirada de la mujer le dijo que no le había pasado desapercibido.

–Tú debes de ser Blair –sonrió–. Yo soy Sabina Sandrelli, la madre de Draco.

–Lo siento, no esperaba a nadie –se disculpó ella.

–Debería haber llamado antes de venir, lo sé. Pero me había cansado de esperar que Draco nos presentase. Estás embarazada, ¿verdad?

–Pues…

–No te preocupes, me alegro muchísimo. Aunque lo lógico sería que mi hijo me lo hubiera dicho –Sabina se inclinó hacia delante para poner una mano en su brazo–. Umberto, el padre de Draco, también estará encantado, te lo aseguro. Y creo que ya es hora de que conozcas a la familia.

–¿El padre de Draco está aquí? –preguntó Blair, mirando alrededor.

–Está en la cocina, charlando con Cristiano. Pero he oído el helicóptero de la compañía hace un momento… ¿por qué no vas a vestirte? Así podremos recibir a Draco juntas.

Sin esperar repuesta, Sabina se alejó, sus elegantes pantalones de color crema a juego con la chaqueta moviéndose con la brisa. Blair se dejó caer sobre una tumbona. La madre de Draco… evidentemente, una mujer acostumbrada a dar órdenes, pensó, divertida. De tal palo, tal astilla, claro.

Suspirando, se dirigió hacia la casa. Pero después de la ducha empezó a preguntarse qué podía ponerse para cenar con los padres de Draco. Por la calidad de la ropa de Sabina, y por cómo se movía, sin duda esperaría que se arreglase para cenar, de modo que eligió un pantalón con cinturilla elástica y una camisola ancha de seda. Pero cuando salió del vestidor vio dos cajas sobre su cama y, sobre ellas, una nota de Draco: *Pensé en ti al ver esto.*

Después de abrir una de las cajas, Blair apartó el papel de seda… y dejó escapar un gemido al ver un exquisito camisón de color verde agua, la tela tan transparente que era casi indecoroso. Y debajo había un *peignoir* a juego e igualmente transparente.

¿Draco había pensado en ella al ver ese camisón? Tal vez había esperanza para ellos después de todo, pensó.

Blair abrió la segunda caja y de ella sacó un vestido de color azul cobalto que llevaba la firma de un famosísimo diseñador. Tenía escote imperio, del que caía una falda hasta la rodilla… sería perfecto para la cena. Contenta, se vistió rápidamente y se puso unos zapatos negros de tacón alto.

Un golpecito en la puerta la apartó del espejo, donde estaba admirando la caída del fabuloso vestido…

–Ah, te queda mejor a ti que a la modelo –sonrió Draco, entrando en la habitación y cerrando la puerta.

Blair sonrió. Con un traje gris oscuro, tenía un aspecto a la vez formidable e increíblemente sexy.

–Gracias, es precioso. Todo es precioso.

–Me alegro de que te haya gustado –dijo él–. He notado que no llevas pendientes, pero tienes las orejas perforadas… espero que no te importe, pero te he comprado unos pendientes que me han parecido perfectos para ti.

Draco sacó una cajita de terciopelo del bolsillo y Blair se quedó atónita al ver unos pendientes de oro blanco y diamantes.

–¿Puedo?

–Sí, claro.

Él dejó la caja sobre la mesilla y, con delicadeza, le puso los pendientes, rozando su cuello con los dedos al hacerlo y provocando un cosquilleo que Blair intentó disimular. Pero cuando terminó, se volvió para mirarse al espejo.

Nunca había tenido algo de tanto valor y apenas reconocía a la mujer que había vuelto al *palazzo* poco más de una semana antes. Estaba bronceada, había engordado un poco y ya no tenía ojeras. Con aquel vestido y aquellos pendientes casi podía creer que había un sitio para ella en el lujoso *palazzo*, al lado de aquel hombre impecablemente vestido.

Pero sabía que era un sueño.

–Gracias, Draco, son preciosos. Pero no puedo aceptar un regalo tan caro, de verdad.

Por muchos vestidos de diseño que se pusiera, ella seguía siendo Blair Carson, chef y restauradora de Auckland. Ese título y Carson's, eran lo que la definía como persona. Ella era eso, pura y simplemente.

–Son tuyos, así que puedes hacer con ellos lo que quieras –la ternura que había habido en los ojos de Draco desapareció por completo–. Bueno, vamos a cenar. Mis padres están esperando.

Blair casi lo había olvidado. Casi, pero no del todo. Y, de repente, sintió algo así como un ejército de mariposas revoloteando por su estómago.

–Tu madre lo sabe, Draco. Sabe que estoy embarazada.

–Ya me lo imaginaba. Pero no te preocupes, no pasa nada.

Blair esperaba que fuese cierto, pero la idea de hablar de su relación con los padres de Draco la hacía sentir incómoda.

Una vez abajo, se reunieron con Sabina y Umberto en el salón principal, uno en el que Blair aún no había estado nunca.

–Ah, estás preciosa –dijo Sabina–. Umberto, ven a conocer a Blair.

El padre de Draco era una sombra del hombre que había sido, con un lado de su cuerpo casi paralizado. Después de las presentaciones, Sabina llevó a Blair aparte.

–Podemos dejar a los hombres solos un momento. Si hablan entre ellos ahora no nos molestarán durante la cena.

Blair sonrió. Había algo en Sabina que la hacía sentir… inadecuada, torpe. Aunque seguramente era una tontería porque la madre de Draco estaba intentando que se sintiera cómoda. Pero, a medida que le hablaba de su familia y su trabajo en Auckland, iba sintiéndose cada vez peor. Aunque no entendía por qué.

Técnicamente, ella debería ser la anfitriona, pero sabía que Sabina había pasado casi toda su vida en el *palazzo* y su aire de autoridad la ponía a la defensiva… una posición de la que no disfrutaba en absoluto.

–Cuéntame, ¿cuándo nacerá el niño?

–A mediados de noviembre.

–Ah, en invierno. La habitación del niño está bien aislada, así que no debes preocuparte.

–¿Hay una habitación para el niño?

Pues claro que habría una habitación para el niño. Generaciones de Sandrelli habían nacido allí, pensó Blair entonces, sintiendo una punzada de preocupación. A pesar de lo que le había dicho a Draco, ella no quería dejar a su hijo. Esa idea la llenaba de terror.

–No puedo creer que mi hijo no te haya enseñado la habitación –suspiró Sabina–. Yo te llevaré después de cenar, no te preocupes. Bueno, cuéntame, ¿cómo os conocisteis Draco y tú?

Blair le contó no sólo cómo se habían conocido, sino su casual encuentro en Nueva Zelanda y lo que ocurrió después.

–Ése es mi hijo –rió Sabina–. No es de lo que se quedan de brazos cruzados cuando quiere conseguir algo. Pero, a pesar de todo, es un buen chico.

Que alguien se refiriese a Draco como «un chico» era muy extraño, pensó Blair. Porque era un hombre, todo un hombre. Y, por eso, echaba de menos la relación que había habido entre ellos antes del embarazo.

Pero mientras Sabina le contaba cosas de Draco, Blair empezó a ver una cara nueva de ese hombre. Estaba claro que quería mucho a sus padres y que, a pesar de que Umberto ya no podía encargarse de los negocios, solía consultar con él para no dejarlo fuera del todo.

–Por supuesto, cuando Marcella murió todos nos quedamos desolados. Umberto y yo nos alegramos mucho de que Draco haya encontrado a alguien especial.

–¿Marcella? –repitió Blair.

Sabina hizo una mueca.

–Ah, veo que no te ha hablado de ella –suspiró–. Bueno, en fin, ahora que he mencionado su nombre, supongo que no debería dejarte con la curiosidad.

–Yo no…

–Querida, no te preocupes, es comprensible. Si mi hijo y tú vais a casaros, deberías saberlo todo sobre su ex prometida.

¿Casarse? ¿Una ex prometida? A Blair le daba vueltas la cabeza.

–Fue muy triste. Marcella era una chica encantadora y nadie sabía que tuviese un problema congénito de corazón.

–¿Estuvieron juntos mucho tiempo? –preguntó Blair cuando pudo encontrar su voz.

–Marcella era la hija de unos amigos, así que se conocían desde siempre –sonrió Sabina–. Todos esperábamos que se casaran pero, tristemente, no pudo ser. Por eso tenía tantas ganas de conocerte. Cuando Draco me dijo que estabas aquí sospeché que eras algo más que una aventura pasajera. Y cuando te vi y supe que estabas embarazada… no sabes cuánto me alegro de que Draco pueda tener el hijo que perdió al morir Marcella. Para él fue un sufrimiento terrible.

–¿Estaba embarazada? –murmuró Blair.

–Sí, ella sabía lo importante que era la familia

para Draco, especialmente tras la muerte de Lorenzo, y no quiso esperar a que estuvieran casados para formar una familia. Por supuesto, sus padres se quedaron horrorizados cuando anunció que iba a tener un niño, pero pronto se ilusionaron tanto como nosotros.

–Pero dices que tenía un problema de corazón…

–Aparentemente, pero no nos dijo nada. El médico le había advertido que un embarazo podría ser peligroso para ella… –Sabina dejó escapar un suspiro–. Yo creo que tenía miedo de perder a Draco si se lo decía, así que arriesgó su vida por ese niño. Lamentablemente, el riesgo era demasiado grande y los perdimos a los dos.

–Yo no sabía nada…

–Pensé que Draco se volvería loco de pena… –Sabina hizo un gesto con la mano–. En fin, ésas son cosas del pasado y ahora estamos esperando un niño. ¡Y una boda! ¿Habéis fijado ya la fecha?

–No, mamá, aún no hemos fijado la fecha.

Blair se volvió al oír la voz de Draco, que había aparecido con una copa de vino para su madre y un zumo de fruta para ella.

–En realidad, no estamos prometidos –dijo Blair entonces.

–¿Que no estáis prometidos? –exclamó Sabina.

–No, mamá –contestó Draco, con un tono seco que no invitaba a hacer preguntas.

Poco después pasaron al comedor, pero durante la cena Blair no podía dejar de hacerse preguntas sobre Marcella.

De repente, el nerviosismo y la ansiedad de Draco por su embarazo empezaba a tener sentido. Ahora entendía lo que ese niño significaba para él y por qué estaba tan decidido a hacer lo que tuviese que hacer para que el embarazo llegase a su término. Blair se preguntó entonces por qué aquella chica habría arriesgado su vida para tener un hijo… debía de estar muy enamorada.

No tenía la menor duda de que Draco quería ya a ese niño, pero también sabía que su amor no se extendía a ella. Qué ironía. La última vez que se creyó enamorada de un hombre, su mejor amiga se había interpuesto entre los dos. Esta vez, era un niño y el recuerdo de otra mujer que había muerto por intentar darle lo que más deseaba. ¿Cómo iba a competir con eso?

Al menos tenía Carson's, pensó. El restaurante era la única constante en su vida y estaría esperándola cuando volviese a Auckland. Tenía que agarrarse a ese pensamiento porque era lo único que la ayudaría a soportar la situación.

Pero ella quería más, pensó. Quería a Draco. Quería lo que había tenido con Marcella, con todas sus esperanzas de futuro.

Esa idea la aterraba y la emocionaba al mismo tiempo. Nerviosa, Blair tocó la pulsera que Draco le había regalado y pensó en los pendientes y los vestidos. Estaba claro que a él le importaba. Y quizá, sólo quizá, podría hacer que funcionase.

***

En cuanto Umberto y Sabina volvieron a su casa, Blair subió a su dormitorio. Durante la cena le había preguntado a Sabina por qué no vivían en el *palazzo* y ella le contó que durante toda su vida había hecho lo que se esperaba de una mujer casada con un Sandrelli. Pero ahora que Draco se había hecho cargo de la empresa era hora de que su marido y ella fuesen una pareja de verdad y tuvieran su propia casa. Además, después de la parálisis que había provocado la última embolia, Umberto se sentía más cómodo en una residencia más pequeña en la que no tenía que recorrer interminables pasillos o subir escaleras.

Estaba claro que Sabina seguía siendo la señora del *palazzo*. Pero, aunque todos los criados la trataban con reverencia y aquélla era su casa, la madre de Draco lo había dejado todo para cuidar de un hombre que no quería depender de los demás.

Mientras Sabina le enseñaba la habitación del niño, una habitación majestuosa, Blair empezó a imaginarlo allí, tan pequeño, tan solo…

Pensó entonces que, con tanto trabajo, Draco no tendría mucho tiempo para su hijo cuando naciera. De modo que ella tendría que encontrar la forma de saltar el abismo que había entre los dos. No podía soportar la idea de que su hijo fuera criado por una sucesión de niñeras.

Ella no había tenido el cariño de su madre cuando era niña y su padre había estado siempre centrado en el trabajo, aunque sí estaba a su lado cuando lo necesitaba. Y también ella quería estar ahí para su hijo.

Tenía que hablar con Draco, decidió. Esa misma noche, antes de perder el valor. Tenía que convencerlo de que considerase la posibilidad de un futuro para ellos.

Después de quitarse el vestido y colgarlo en una percha, Blair se puso el camisón verde y el *peignoir* que le había regalado y se pellizcó las mejillas, de repente pálidas, para darles un poco de color.

Eso tendría que valer, pensó. Intentando armarse de valor, abrió la puerta del dormitorio y salió al pasillo, decidida. Luego llamó a la puerta de Draco con los nudillos y, sin esperar respuesta, entró en la habitación.

Capítulo Doce

—¿Ocurre algo?

Draco, que estaba mirando unos papeles, los dejó sobre su escritorio de roble y se volvió, mirándola con cara de preocupación.

—No, estoy bien. Pero quería hablar contigo un momento.

Ahora que estaba allí no sabía qué decir. No debería haberse puesto el camisón. Aunque le había parecido una buena idea, ahora se sentía como si estuviera mostrando demasiado cuando lo que quería era tener toda la atención de Draco... y no en ese sentido.

—Te queda muy bien —murmuró, clavando en ella unos ojos ardientes.

—Gracias —Blair, incómoda, se dejó caer sobre uno de los sillones de la suite—. Tu madre me ha hablado de Marcella —dijo después.

—¿Y qué te ha contado exactamente?

«Esto ha sido un error, no debería haber venido».

Blair alisó una arruga imaginaria del camisón y respiró profundamente antes de hablar:

—Me ha dicho que estuviste prometido con

ella, pero que Marcella murió al quedar embarazada, antes de que pudierais casaros.

–¿Y?

–Me preguntaba si podrías contarme algo más sobre ella. Podría ayudarme a entender mejor…

–¿Entender? –repitió Draco–. ¿Qué hay que entender? Mi vida con Marcella no tiene nada que ver contigo. Marcella me quería, estábamos prometidos y sí, estaba embarazada de mi hijo cuando murió de un problema de corazón del que no me había informado. De haberlo sabido…

Draco masculló algo en italiano mientras se pasaba una mano por el pelo.

–¿De haberlo sabido? –repitió ella.

–De haberlo sabido, yo habría tenido más cuidado. No habría dejado que quedase embarazada, por ejemplo. Estar juntos hubiera sido suficiente.

–Tal vez ella no pensaba lo mismo, Draco. Tal vez sabía lo importante que era la familia para ti y, como tu hermano había muerto, pensó que era lo único que podía hacer.

–Marcella sabía que tenía un problema de corazón y que el suyo era un embarazo de alto riesgo, pero nunca me lo dijo.

–Lo siento, de verdad. Perderla debió de ser horrible para ti.

–Para mí, para mis padres, para los suyos… todo el mundo esperaba al niño con tanta ilusión. Tras la muerte de Lorenzo, una parte de mis padres murió con él. Saber que Marcella estaba embarazada les devolvió la vida... para destrozársela cuando murió. Dime, Blair, ¿cómo puede un hombre seguir adelante cuando la mujer a la que ama le esconde algo así y, al hacerlo, no sólo pierde su vida, sino la de su hijo?

Había tanto dolor en esa pregunta que Blair no supo qué contestar.

–Yo lo era todo para Marcella –siguió Draco–. Y me quería tanto que le costó la vida. ¿Eso es lo que querías saber?

–Yo sólo...

–Marcella nunca habría puesto el trabajo por delante de mí y tampoco a nuestro hijo.

–¿Eso es una crítica?

–Tómalo como quieras –dijo él–. Pero al menos sé sincera contigo misma. Sé que tú nunca podrías querer a otra persona como Marcela me quería a mí o sacrificarte de ese modo porque sólo hay una prioridad para ti en la vida: tu precioso restaurante...

–¿Por qué pretendes que yo sacrifique mi carrera? ¿Quién te da derecho a exigirme eso? Carson's es toda mi vida. Nunca he tenido nada más que ese restaurante.

Draco se pasó una mano por el pelo.

–Al menos eres sincera al respeto y los dos sabemos lo que hay. Y también sabemos que no tienes intención de ser la madre de este niño.

Blair levantó la cabeza como si la hubiera abofeteado.

–Dime una cosa, Draco. Tú, que hablas tanto del amor que te deben los demás… ¿cuándo vas a tener tiempo para atender al niño? Yo apenas te veo por aquí. ¿Qué clase de padre vas a ser? Se te da muy bien criticar mi deseo de tener éxito, pero no se te ocurre pensar que eso mismo es lo que tú haces todos los días, trabajar para tener éxito.

Estaba temblando, de rabia primero y luego de pena. Lo único que podía pensar era que Draco nunca consideraría un futuro con ella.

–Mi deber siempre será para con mi familia, no lo dudes. Y nunca abandonaré a mi hijo, así que no te atrevas a tirar la primera piedra…

–No he sido yo quien ha tirado la primera piedra –le recordó ella.

–Tú has dejado claro que tu trabajo es más importante que el niño o que tener una relación conmigo. Incluso ahora, cada día, sigues trabajando con ese objetivo.

Blair no podía negarlo porque seguía tomando clases con Cristiano, pero durante los últimos días su entusiasmo había disminuido. Hablaba con su padre casi todos los días y él le contaba que todo iba bien en Carson's… pero ni siquiera eso la entusiasmaba. Lo que sí la alegraba era verlo tan animado. De hecho, no lo había notado tan contento en mucho tiempo. Le preocupaba que aún no hubiera contratado a un chef, pero se consolaba pensando que sólo era una cuestión de tiempo.

–Al menos yo tengo un objetivo... un objetivo que he tenido siempre, además. No voy a dejarme definir por el hombre con el que estoy o por nuestros hijos.

–Pues me das pena –dijo Draco entonces, con los dientes apretados–. Pero recuerda que tú has elegido esta situación. Tú has elegido darme al hijo que llevará el apellido Sandrelli en lugar de ser parte de esta familia. Y cuando hayas tenido el niño y vuelvas a tu restaurante, nuestras vidas seguirán siendo lo que han sido durante siglos.

A Blair se le heló la sangre en las venas. No podía haberlo dejado más claro: no había sitio para ella allí. No podría ser parte de la familia ni parte de la vida de Draco.

Parpadeando para controlar las lágrimas que le quemaban los ojos, Blair intentó disimular. Había sido una tonta al pensar que podía hablar con Draco sobre un posible futuro para los dos. No hubiera funcionado nunca.

De modo que se levantó del sillón, el camisón de seda pegándose a su cuerpo como una caricia, y tembló al pensar que, si las cosas fueran diferentes, Draco estaría quitándole ese camisón en aquel mismo instante.

Blair levantó la barbilla para mirarlo a los ojos.

–Gracias por el recordatorio. Tienes razón, por supuesto. Y, si quieres que te sea sincera, estoy deseando perder de vista todo esto –le dijo, señalando alrededor– y volver a mi vida, a las cosas que me gustan y a la gente que me aprecia.

Vio que Draco apretaba los dientes de rabia. Sabía que había sido un golpe para él, pero también él le había hecho daño.

Se había enamorado de un hombre que siempre pondría a otros, sus hijos, sus padres, por delante de ella; un hombre que nunca pensaría en lo que a ella le hacía feliz. Y, por una vez en su vida, quería ser lo primero... pero eso no iba a ocurrir con Draco Sandrelli.

Haciendo un esfuerzo sobrehumano, Blair puso un pie delante de otro hasta que llegó a la puerta. Todo su cuerpo le pedía que parase, que se volviera para mirar a Draco para ver si su expresión se había suavizado, si podían hablar como dos amigos y no como dos enemigos. Pero los hombres como Draco se tomaban sus responsabilidades muy en serio y raramente daban importancia a las responsabilidades o los deseos de los demás.

—Tú también me das pena, Draco. Yo al menos sigo adelante con mi vida. Tú... tú sigues anclado al pasado... a un pasado que ni siquiera es tuyo.

Blair cerró la puerta y volvió a su dormitorio con paso vacilante. Una vez dentro se quitó el camisón, rasgándolo en su deseo de arrancar de sí cualquier recuerdo de Draco. Luego, con manos temblorosas, se quitó los pendientes y la pulsera que le había regalado. No necesitaba nada de eso. Eran trampas, mentiras. Ella no era esa persona. Ella era Blair Carson, chef y restauradora...

y orgullosa de ello porque había tenido que esforzarse mucho para conseguirlo mientras a Draco Sandrelli todo le había sido regalado.

Y eso fue lo que se recordó a sí misma mientras se ponía una camiseta y se metía bajo las sábanas. Ella y su hijo no necesitaban a nadie. Y, por mucho que él se creyera imprescindible, tampoco necesitaban a Draco Sandrelli.

Los días siguientes fueron interminables para Blair. Draco se mostraba frío y distante y, en las raras ocasiones en las que sus caminos se cruzaban, quedaba dolorosamente claro que cualquier vestigio de camaradería entre los dos había desaparecido para siempre.

Blair se lanzó de cabeza a las clases de cocina porque necesitaba algo en lo que concentrarse para no pensar en Draco e ir al mercado con Cristiano por las mañanas se convirtió en una válvula de escape. Tanto que sentir un movimiento en su interior una mañana la tomó por sorpresa. Sólo estaba embarazada de quince semanas y sabía que era temprano para sentir al niño, de modo que pensó que sería otra cosa. Pero cuando volvió a ocurrir al día siguiente no estuvo tan segura.

Llevándose una mano al abdomen, Blair esperó que se repitiera la sensación, pero no ocurrió nada. Esa noche, sin embargo, cuando se iba a la cama volvió a notarlo y sus ojos se llenaron de lágrimas. Emocionada, acarició su vientre, de repente y de manera irrevocable conectando con ese niño como jamás había creído posible. Qué diferente sería todo si pudiera compartir aquel momento con Draco, pensó.

A la mañana siguiente se quedó sorprendida al verlo en la cocina, esperándola. Apenas habían intercambiado dos palabras desde que sus padres fueron a cenar al *palazzo*…

–Me iré a Londres en cuanto el jet esté preparado –le dijo–. Pero volveré a tiempo para llevarte a la revisión del ginecólogo.

–Da igual que no hayas vuelto para entonces –replicó ella–. Puedo ir sola, ya soy mayorcita.

–He dicho que volveré a tiempo y lo haré. Yo siempre cumplo mi palabra.

Blair miró a Cristiano, que estaba de espaldas a ellos preparando unas tortillas para el desayuno, y se puso colorada. No soportaba que Draco le hablase de ese modo delante de los empleados.

–Muy bien, como quieras –murmuró, encogiéndose de hombros–. Me da igual que vuelvas a tiempo o no.

Era un comentario infantil, pero se lo merecía por tratarla de esa manera. Blair se sentó a la mesa y estuvo dándole vueltas al desayuno con el tenedor, tensa, hasta que Draco salió de la cocina.

Oyó el motor de su coche mientras se alejaba por el camino que llevaba al aeropuerto privado y su corazón se encogió al pensar en lo mal que había terminado su relación.

***

A finales de esa semana, Blair empezaba a acostumbrarse a notar algún movimiento ocasional del niño. Sí, la sensación seguía siendo muy débil pero, por primera vez en su vida, no se sentía sola. No había sabido nada de Draco desde que se marchó a Londres y era de esperar. Pensó que se sentiría más relajada en el *palazzo* sin él, pero se sentía como una extraña, como si aquélla no fuera su casa. Y no lo era, desde luego.

Blair estaba en el huerto, recogiendo un poco de perejil para añadir a las croquetas de patata con las que estaba experimentando, cuando sonó el teléfono. Desde que Draco se marchó, el teléfono apenas había sonado y, por un momento, sintió un cosquilleo de anticipación, pensando que podría ser él. Pero no, se dijo. Era tan imposible que Draco la llamase como que clavase una rodilla en el suelo para suplicarle que se quedara.

Blair sacudió la cabeza, diciéndose a sí misma que era una tonta. Aunque la verdad era que lo echaba de menos. Después de lo que se habían dicho resultaba difícil admitir que lo quería allí, a su lado. Ella, que no necesitaba a nadie, aparentemente necesitaba más de lo que había creído.

–*Signorina!* ¡Es para usted! –la llamó una de las criadas, con el teléfono en la mano.

–Ah, gracias.

¿Podría ser Draco?, se preguntó, emocionada.

136

La voz que escuchó al otro lado pronto terminó con sus dudas. Y con sus ilusiones.

–Señorita Carson, soy el doctor Featherstone, del Hospital General de Auckland. Su padre ha sufrido un infarto y ha sido ingresado hace unas horas en el hospital. Ahora mismo se encuentra estable, pero tenemos que operarlo.

–Dios mío…

–El problema es que parece más preocupado por su restaurante que por su salud. Se niega a ser operado y, francamente, si no lo operamos ahora, la próxima vez no tendrá tanta suerte.

A Blair se le encogió el corazón. ¿Un infarto? No debería haberse marchado de Auckland, pensó. No debería haberlo dejado a cargo del restaurante. Su padre estaba enfermo y ella lo sabía… aquello era culpa suya y de Draco.

–¿Puedo hablar con él? –le preguntó.

–Ahora mismo está sedado, pero puedo darle el mensaje.

–Por favor, dígale que no se preocupe por Carson's, nuestro restaurante. Yo tomaré el primer avión de vuelta a Auckland. Dígale que yo me encargaré de todo. Lo único que él tiene que hacer es ponerse bien.

Después de hablar con el médico durante unos minutos más, Blair soltó el teléfono y se apoyó en la pared. Un infarto. Podría haber perdido a su padre y todo porque Draco insistía en que ella tuviera a su hijo allí, en su querida Italia, como si eso fuera lo único importante.

Bueno, pues dónde naciera el niño no era importante en absoluto. Su padre la necesitaba y, como Draco tenía por costumbre decir, la familia era primordial.

Su deber hacia su padre no era menos importante que el de Draco hacia los Sandrelli, apellido histórico o no.

Nerviosa, tomó el teléfono para llamar a información. Tenía que volver a casa lo antes posible. La salud de su padre, incluso su vida, dependía de ello.

Capítulo Trece

Cuando Blair llegó a su apartamento por fin estaba destrozada. Y no se le escapaba la ironía de viajar de Roma a Londres para luego conectar con un vuelvo vía Hong Kong hasta Auckland. Durante unos minutos había pasado por la ciudad en la que estaba Draco y él no lo sabía siquiera.

Con el número de zonas horarias que había atravesado ese día sentía como si llevara días viajando, aunque sólo hubieran sido treinta horas. Pero al fin estaba en casa. En casa. Donde la necesitaban y la querían.

Era casi la hora del almuerzo, pero lo único que deseaba era meterse en la cama y dormir un rato. Blair llamó al hospital y pidió que le pusieran con la habitación de su padre, pero la enfermera le dijo que estaba durmiendo y no debían molestarlo, de modo que dejó un mensaje, decepcionada por no haber podido hablar con él.

Pero al menos sabría que estaba allí, en Auckland, encargándose de todo. Y ahora, por fin, consentiría que lo operasen.

Aparte del nerviosismo del primer día, Blair se adaptó al ritmo de la cocina como si no se hubiera marchado nunca. El *by pass* de su padre tendría lugar a finales de semana y, si todo salía bien, se recuperaría pronto. Aunque ya no podría mantener el ritmo de trabajo que exigía un restaurante como Carson's.

Dos días después, al final de su turno, Blair subió a su apartamento para descansar un rato y, después de quitarse los zapatos, movió los dedos de sus doloridos pies.

A pesar de tenerlos hinchados, trabajar en la cocina seguía siendo para ella tan satisfactorio como siempre. Pero le faltaba algo… la emoción del restaurante, el ritmo loco de la cocina y los clientes ya no la excitaba como antes.

Se había vuelto blanda en el *palazzo*, pensó. Pero eso no explicaba aquella sensación… aunque era lógico. Estaba enamorada de un hombre que sólo la veía como la madre de su hijo, aunque la situación fuera culpa suya. Era lógico que estuviese un poco deprimida… bueno, muy deprimida. El viaje, la enfermedad de su padre, el trabajo en el restaurante, era normal que se sintiera así.

Se preguntó si Draco habría vuelto ya a Toscana. No tenía la menor duda de que se quedaría lívido al saber que se había marchado sin decir nada. Incluso podría rescindir el contrato de alquiler de manera fulminante sólo por despecho. Pero en aquel momento le daba igual. Lo único importante era su padre.

Carson's mantenía las cinco estrellas en la página de la revista *Fine Dining* y, sin embargo, las críticas, los halagos… todo le parecía vacío ahora. Sólo era la opinión de una persona. ¿Por qué había sido tan importante para ella cuando ahora no le importaba en absoluto?

Durante los años que su padre había llevado Carson's, luchando por conseguir esas cinco estrellas, ése había sido su único sueño. Luego, cuando su padre se retiró, Blair había asumido ese sueño como suyo, esforzándose y obligando a su equipo a esforzarse al máximo para conseguirlo.

¿Y para qué? No era su sueño, era el sueño de su padre. Ella sabía que era una buena chef, no necesitaba que nadie se lo dijera. ¿Por qué había dejado que ese deseo de ser reconocida consumiera su vida?

¿Tal era su obsesión por ser como él que había perdido de vista quién era ella y lo que quería de la vida?

Durante su infancia lo único que había deseado era tener una vida, un hogar y unos ingresos estables, y tenía todo eso con Carson's, pero… también esperaba encontrar el amor. Ella quería compaginar su carrera con una familia.

Pero había dejado que los objetivos de su padre se convirtieran en su vida y la traición de Rhys no la había ayudado nada.

Suspirando, Blair se inclinó para darse un masaje en los pies deseando, y no por primera vez, tener a alguien que lo hiciese por ella. No, no alguien, una pareja, un hombre que la quisiera de verdad, un alma gemela. Alguien con quien compartir su vida…

Pero enseguida sacudió la cabeza. Tales deseos románticos eran debidos al embarazo. Tenía que ser eso, pensó.

Se preguntó entonces cómo iba a lidiar con el restaurante cuando estuviese embarazada de siete u ocho meses, sin contar con la ayuda de su padre. El médico, esa mañana, le había dicho con toda claridad que dirigir el restaurante y llevar la cocina sin ayuda era demasiada presión.

De modo que Phil, su *sous chef*, tendría que trabajar más horas. Pero Phil tenía un hijo pequeño y otro en camino. Además, ya le había dejado bien claro que estaba contento siendo *sous chef* y no tenía intención de ser nada más porque le gustaba estar con su familia.

Blair envidiaba a su esposa en ese momento más de lo que hubiera creído posible. Intentaba no hacerlo, pero no podía dejar de pensar en ello.

¿Qué sería de su hijo?, se preguntaba. No tenía la menor duda de que Draco querría la custodia y, siendo totalmente sincera consigo misma, debía reconocer que ella no podría llevar el restaurante y cuidar de su hijo al mismo tiempo. Estaba entre la espada y la pared y no quería estar en esa posición.

–¿Cómo que se ha ido? –exclamó Draco–. ¿Por qué nadie me había dicho nada?

–La señorita Carson dijo que no debíamos molestarlo, *signore*.

La pobre criada que informaba a Draco de la marcha de Blair estaba a punto de ponerse a llorar.

¿Que no debían molestarlo diciéndole que se había ido del *palazzo*? Qué irónico cuando la tenía en su mente cada minuto del día. Y había sido un tonto por creerla allí, a salvo, segura.

–¿Cuándo se ha marchado?

–El viernes.

–Gracias, Maria. Y siento mucho haberte gritado… perdona.

Su disculpa fue recompensada con una trémula sonrisa, pero Draco seguía sintiéndose culpable porque él nunca gritaba a sus empleados. Entonces miró su reloj… era mediodía. En Nueva Zelanda serían alrededor de las diez de la noche; con un poco de suerte, un buen momento para encontrar a Blair en el restaurante. Porque sabía sin la menor duda que era allí donde estaría.

Dos horas después, Draco dejaba el auricular en su sitio por enésima vez. De modo que Blair estaba demasiado ocupada como para ponerse al teléfono…

Eso ya lo verían. Se había llevado una sorpresa al saber que su padre estaba en el hospital, esperando que le hicieran un *by pass*, pero no entendía por qué los dos Carson tenían que matarse trabajando. Sus instrucciones habían sido bien claras: Blair Carson padre debía contratar a un chef para que lo ayudase en la cocina.

Que no hubiera hecho caso y que ahora Blair estuviera poniendo su salud y la salud del niño en peligro era suficiente para que Draco lo viese todo rojo.

De modo que volvió a marcar el número del apartamento de Blair y dejó un mensaje en el contestador que no dejaba duda de sus intenciones:

—Teníamos un acuerdo, Blair. Haré lo que tenga que hacer para que dejes de trabajar hasta que nazca mi hijo. Y te aseguro que me verás muy pronto.

A la mañana siguiente, Draco se preparó para el largo viaje hasta Auckland, pero antes de salir se detuvo un momento en la habitación de Blair. No había puesto el pie allí desde que volvió de Florencia... cuando le regaló los pendientes. Pero su fragancia seguía en el aire y la respiró profunda, ansiosamente.

No había querido admitirlo, pero la había echado mucho de menos durante esos días en Londres. Estar sin ella le provocaba casi un dolor físico y tuvo que hacer un esfuerzo sobrehumano para no llamarla por teléfono. Pero se habían despedido tan enfadados...

¿Qué podía decirle por teléfono que no pudiese decirle cara a cara? Sin embargo, la echaba de menos. Lo suficiente como para darse cuenta de lo mal que la había tratado la noche que le preguntó por Marcella.

¿Mal? Había sido cruel, egoísta, cargándola deliberadamente con su dolor y su complejo de culpa.

Pero hablar de Marcella era como rascar una herida que aún no hubiese curado del todo. Y durante la conversación había tenido que controlar el deseo que sentía por ella...

Sentada en su dormitorio, su maravilloso cuerpo transparentándose a través de la tela del camisón, no se parecía en nada a la mujer con la que había prometido casarse y sí a la mujer de la que estaba enamorado.

Pensar eso le había abierto los ojos.

Él nunca había amado a Marcella como amaba a Blair. Lo que sentía por ella palidecía al compararlo con las emociones que lo embargaban en aquel momento.

Y eso lo hizo sentir aún más culpable... más responsable de la muerte de Marcella. Ella estaba dispuesta a hacer lo que fuera por él, incluso arriesgar su vida para darle lo que quería... ¿y cómo la había pagado él? Trabajando sin parar, siendo un prometido invisible. Y, sin embargo, Marcella se había quedado a su lado, lo había querido aunque no se lo merecía.

No la había protegido como debería, pero una cosa estaba clara: protegería a Blair y a su hijo hasta su último aliento. Pero para eso tenía que llevarla de vuelta a Italia, a su casa, y decirle lo que sentía por ella.

Convencer a Blair de que su sitio estaba a su lado no iba a ser fácil, aunque entendía su deseo de volver a Auckland lo antes posible para estar al lado de su padre después del infarto. Pero, por lo que Gustav le había contado, se pasaba todo el día trabajando y sólo podía hacer una breve visita cada mañana al hospital.

De modo que estaba en Auckland para atender el restaurante. Para Blair, Carson's era lo más importante del mundo, y saber que tenía que luchar contra «algo» y no contra «alguien» era impensable para Draco.

Entonces vio sobre la cómoda los pendientes y la pulsera que le había regalado. Ese pequeño gesto decía más que cualquier otra cosa: Blair no quería nada de él. Pues bien, había llegado el momento de que reconsiderase su decisión.

Eran casi las dos de la madrugada cuando el jet de Draco aterrizó por fin en el aeropuerto de Auckland. Mientras el avión se deslizaba por la pista, él se levantó del asiento, nervioso, deseando bajar de una vez. Pero aún tenía que pasar por los trámites de la aduana…

Su chófer, que lo esperaba en la puerta de la terminal, salió de inmediato para tomar su maleta y abrir la puerta de la limusina.

Draco golpeaba el asiento con los dedos mientras parecían encontrarse con todos los semáforos en rojo de la ciudad. Era demasiado tarde para ir al apartamento de Blair, pero tenía intención de aparecer allí a primera hora de la mañana… antes de que se fuera al hospital a ver a su padre, a quien operaban al día siguiente.

Cuando apoyó la cabeza en el respaldo del asiento, su móvil empezó a sonar, pero sólo contestó después de identificar el número de su ayudante en Nueva Zelanda.

–¿Sí? –lo que escuchó al otro lado de la línea le heló la sangre en las venas–. ¿Un incendio en Carson's? ¿Cuándo? ¿Hay algún herido?

Draco sintió como si una mano gigantesca apretase su corazón. Si el fuego había empezado en la cocina, ¿se habría dado cuenta Blair, que dormía en el piso de arriba?

Entonces recibió la noticia que tanto temía.

Había heridos y los bomberos aún no habían conseguido apagar el incendio.

Las malas noticias llegaban en sucesión, pero ninguna de ellas le daba la información que tanto temía.

–Blair Carson… ¿dónde está?

–No sé nada de ella, lo siento.

Draco cerró el teléfono con manos temblorosas y le pidió al chófer que lo llevase a Ponsonby. Tenía que ir a ver lo que estaba pasando, comprobar si Blair estaba bien. No podía pensar en otra cosa más que en verla con vida… porque la alternativa era demasiado aterradora.

El acceso a Ponsonby estaba cortado por la policía. Había dos ambulancias unos metros más arriba, una de ellas cerrando sus puertas en ese momento, pero incluso antes de que la limusina se detuviese del todo, Draco estaba saltando de ella.

Horrorizado, miraba las llamas que consumían el edificio y que los bomberos intentaban contener. Ya no podrían salvar el restaurante, pero querían evitar que el incendio se extendiera a los edificios cercanos.

Un policía se acercó entonces.

—Perdone, pero tiene que apartarse.

—Por favor, dígame dónde está… dígame que Blair Carson, la propietaria del restaurante, no estaba dentro del edificio.

—Voy a ver si puedo enterarme de algo –dijo el hombre, seguramente compadecido al ver su cara de angustia–. Pero, por favor, tiene que echarse hacia atrás.

Draco hizo lo que le pedía, rezando como nunca había rezado en toda su vida.

Capítulo Catorce

Draco no sabía cuánto tiempo había estado esperando allí, pero un repentino movimiento cerca de la ambulancia que quedaba en la calle llamó su atención.

¡Blair! Era Blair y estaba bien.

Sin pensar, saltó la cinta protectora y corrió hacia ella para tomarla entre sus brazos. Tenía la cara y la ropa manchadas de ceniza… y la marca de la mascarilla de oxígeno dejaba bien claro que había estado en peligro.

Draco la envolvió en sus brazos, desesperado por tocarla, pero Blair se apartó, dándole un manotazo.

–¿Cómo has podido? ¿Era a esto a lo que te referías cuando dijiste que dejaría de trabajar?

–Blair, no… ¿cómo puedes pensar tal cosa? Yo nunca te haría algo así… nunca.

Blair empezó a toser y un enfermero se acercó para decirle que se tumbara en la camilla, pero ella se negó.

–Al menos póngase la mascarilla.

–¿Por qué sigue aquí? –preguntó Draco–. Debería estar en el hospital. Está embarazada de dieciséis semanas…

—La señorita Carson se ha negado a ir al hospital. Por el momento, la atendemos sólo con oxígeno.

—¿Es eso cierto, Blair? ¿Por qué te has negado a ir al hospital? *Cara mia*, tiene que verte un médico…

—No puedo —dijo ella, con lágrimas en los ojos—. No puedo irme de aquí hasta que todo termine.

Draco entendía su necesidad de estar allí porque Carson's no sólo era su trabajo, sino su vida. De modo que se sentó a su lado en la ambulancia, pasándole un brazo por los hombros, y esperó.

Cuando empezaba a amanecer sobre la calle empapada por las mangueras de los bomberos, Draco se movió. Al fin había logrado convencer a Blair para que esperase dentro de la limusina, pero a la fría luz del amanecer la devastación del incendio era aún más evidente… no quedaba nada más que unas cuantas vigas ennegrecidas.

Habría una investigación, le habían dicho los bomberos. Pero, aunque el edificio estaba asegurado, el impacto de aquellas ruinas que habían sido toda su vida era devastador.

Blair salió del coche mientras los bomberos acordonaban los restos de su casa y su restaurante. No quedaba nada, absolutamente nada…

De repente le faltaban las fuerzas, pero Draco la sujetó para llevarla de vuelta a la limusina.

Y ella no tenía energía para protestar. ¿Para

qué iba a hacerlo si todo lo que le importaba se había convertido en cenizas?

La llevó a su apartamento, y Blair no protestó cuando la ayudó a desvestirse para llevarla a la ducha. Con ternura, Draco la lavó de arriba abajo, sin decir una palabra. Cuando terminó, la secó con una toalla y, después de ponerle una camiseta, la ayudó a meterse en la cama.

Entonces y sólo entonces Blair cerró los ojos y empezó a olvidarse del horror que había presenciado...

Despertó horas después, oyendo voces en el salón. Tenía la garganta seca y, cuando alargó la mano hacia la mesilla, tocó una botella de agua mineral que, sin duda, Draco había dejado allí para ella.

—¿Y el niño? —estaba diciendo—. ¿El niño está bien?

—Perfectamente.

Debía haber llamado al médico, pensó Blair. Pero ella ni siquiera se había despertado mientras la examinaba...

Las voces se alejaron entonces y, poco después, oyó que se cerraba la puerta del apartamento.

Suspirando, volvió a cerrar los ojos. Se sentía más sola y más perdida que nunca en toda su vida. El niño seguía siendo la única preocupación de Draco, por lo visto. Sí, también debería ser la suya pero, por una vez, la niña que había en ella se preguntaba: «¿Por qué no puedo ser yo?».

Blair miró el despertador de la mesilla y, al ver

la hora que era, se sobresaltó. Debería estar en el hospital, con su padre…

Estaba levantándose cuando Draco entró en la habitación.

–¿Puedo ayudarte? ¿Tienes que ir al baño?

–No, tengo que ir al hospital –dijo ella–. Acaban de operar a mi padre…

–La operación ha ido perfectamente –la interrumpió él–. Y el cirujano le ha explicado por qué tú no estabas allí. Ahora se ha dormido y uno de mis ayudantes está haciendo guardia en la puerta de su habitación para llamarnos en cuanto despierte. Si te encuentras bien, yo mismo te llevaré al hospital.

–Gracias, Draco.

–Podemos reconstruirlo, Blair –dijo él entonces, apretando su mano.

–¿Qué?

–Carson's. Podemos reconstruirlo.

Blair recordó la terrible imagen del edificio en llamas… se había quemado hasta los cimiento y sería imposible reconstruirlo, pensó. Haría falta mucho dinero y mucho tiempo y ella no tenía ni lo uno ni lo otro. Claro que ella no era la dueña del edificio…

–Hay muchas fotografías del exterior, de modo que podemos dejarlo tal y como estaba –siguió Draco–. ¿Qué dices?

–¿Eso es lo que quieres? –le preguntó ella, sorprendida.

–¿Cómo no voy a querer eso, sabiendo que es

tan importante para ti? –sonrió Draco–. Blair, yo… no puedo explicarte lo que sentí cuando me enteré del incendio. Me dijeron que había heridos, pero nadie sabía nada de ti… y el viaje desde el aeropuerto fue el más largo de mi vida. Y luego, cuando llegué al restaurante y no pude verte por ningún sitio… casi me muero de miedo.

Ella sacudió la cabeza, incrédula.

–No debería haberte acusado de incendiar el restaurante. Es absurdo porque sé que tú nunca harías algo así, pero estaba tan disgustada.

–No te disculpes, soy yo quien debe hacerlo –suspiró él–. Te traté como si fuera un señor feudal. Te deseaba, así de sencillo. Y cuando descubrí que estabas embarazada, decidí hacer lo que tuviera que hacer para tenerte a mi lado.

De repente, Blair pensó que aún había alguna esperanza para ellos. ¿Podía sentir Draco algo más que una simple atracción física por ella?, se preguntó.

–Fui injusto contigo cuando me preguntaste por Marcella. Si quieres que te sea sincero, me dolía hablar de ella. Sí, la quería… ¿cómo no iba a quererla? Pero creo que nunca estuve enamorado de ella. No pasaba cada segundo del día pensando en ella… como me pasa contigo. Marcella merecía un hombre así, pero era ella quien me amaba con locura. Y no sé por qué –suspiro Draco–. Y porque me amaba perdió la vida para darme lo que creía me ataría a ella para siempre, para darme lo que ella no podía darme… porque yo no supe amarla. He vivido con ese sentimiento de culpa desde que ocurrió y pensé que no merecía amar o ser amado. Pero entonces te conocí a ti y, de inmediato, tú llevaste la luz a mi vida. De repente, tenía una razón para dejar el trabajo y volver a casa. Cuando te vi en el *palazzo* fue como si me hubiera golpeado un rayo. Te deseé en ese instante y sigo deseándote… ahora más que entonces. ¿Te acuerdas de la primera vez que nos vimos?

—¿Cómo iba a olvidarlo? —murmuró Blair.

—Cuando nos encontramos en Auckland de nuevo, pensé que era una segunda oportunidad —siguió Draco, con voz ronca—. Mi mundo se puso patas arriba otra vez, pero tú sólo pensabas en tu trabajo, en Carson's. Y yo sólo podía ver cómo podía ser nuestra vida, sin pensar en lo que tú deseabas, en tus sueños, en tus ambiciones.

Blair se llevó una mano al corazón. ¿De haber sabido la profundidad de sus sentimientos habría actuado de otra manera?, se preguntó. Estaba tan obsesionada por el trabajo, y por su dolorosa ruptura con Rhys, que seguramente no había querido tomarse en serio su relación con Draco.

—Es lógico que Marcella te quisiera tanto —le dijo—. Eres un hombre fuerte, guapo… tanto que me duele mirarte. Y pones tanta pasión en todo lo que haces… eres como una droga que hace que los que están a tu alrededor quieran ser parte de tu vida…

—Blair…

—Me dabas miedo y me atraías en la misma medida. Pero gracias a ti he aprendido mucho

154

sobre mí misma. Sobre todo, he aprendido a identificar cuál es mi sueño en la vida…

–Carson's –la interrumpió Draco–. Pero lo reconstruiré para ti, te lo prometo. Si eso es lo que hace falta, lo reconstruiré de arriba abajo.

Blair levantó una mano para sellar sus labios con un dedo.

–No, no es eso. Sí, había pensado que Carson's lo era todo para mí. ¿Qué más podía soñar para mi vida? Pero he descubierto que Carson's no lo es todo, Draco. Ése era el sueño de mi padre y yo lo he hecho mío porque no tenía nada más. Era más fácil poner mis sentimientos en el trabajo que volver a fracasar en el amor… pero en el fondo yo siempre he querido lo que mi padre no pudo tener nunca: una persona que estuviera a mi lado, que lo fuese todo para mí. Alguien que me quisiera y a quien yo quisiera para siempre. Pero era más fácil no arriesgarse. Amar a alguien es un riesgo, te convierte en un ser vulnerable y requiere el mayor de los compromisos –Blair se inclinó hacia delante para posar los labios sobre los de Draco–. Yo no quiero ser como mi padre. No quiero esforzarme tanto por algo que al final va a destruir mi vida. Y me da igual que reconstruyas Carson's, ya no es lo más importante para mí.

–¿Qué es lo más importante para ti, Blair? –le preguntó él, levantando su barbilla con un dedo para mirarla a los ojos.

–Tú –contestó ella–. Tú y nuestro hijo y la vida que podemos tener juntos. Te quiero, Draco. He luchado contra ese amor, pero ya no puedo negármelo más.

–*Cara mia*, te quiero más de lo que hubiese imaginado y no quiero perderte nunca.

Draco apartó las sábanas y la tumbó suavemente sobre la cama, acariciándola con ternura mientras levantaba su camiseta, dejándola expuesta a su mirada, desnuda salvo por la capa de amor que los envolvía a los dos.

Aquella vez fue diferente, como si por fin se entendieran del todo el uno al otro. Y cuando Draco se quitó la ropa y se colocó encima, Blair supo cuál era la diferencia.

Era la absoluta seguridad de estar a salvo con él. Le había ofrecido su corazón y sabía con toda certeza que Draco protegería ese regalo para siempre.

Y, cuando sus cuerpos empezaron a moverse al unísono, Blair supo que ella haría lo mismo por él.

Para siempre.

En el Deseo titulado
Mujer de rojo, de Yvonne Lindsay,
podrás continuar la serie
MILLONARIOS IMPLACABLES

Deseo™

Aventura de escándalo

JENNIFER LEWIS

La joven viuda Samantha Hardcastle estaba intentando encontrar a un hijo de su difunto marido y presentarlo a la familia. Sin embargo, Louis DuLac no respondía a sus llamadas ni a sus cartas ni estaba en casa cuando fue a buscarlo a Nueva Orleans.

Completamente sola, Samantha sucumbió a los encantos de un guapísimo joven que... resultó ser el mismísimo Louis.

Él nunca supo quién fue su padre y ahora una atractiva mujer quería que se hiciera las pruebas de ADN para ver si era hijo de Tarrant Hardcastle. Por él, no había ningún problema... siempre y cuando Samantha accediera a pasar otra noche con él.

La pasión más prohibida del mundo

Acepte 2 de nuestras mejores novelas de amor GRATIS

¡Y reciba un regalo sorpresa!

Oferta especial de tiempo limitado

Rellene el cupón y envíelo a

Harlequin Reader Service®
3010 Walden Ave.
P.O. Box 1867
Buffalo, N.Y. 14240-1867

¡Sí! Por favor, envíenme 2 novelas de amor de Harlequin (1 Bianca® y 1 Deseo®) gratis, más el regalo sorpresa. Luego remítanme 4 novelas nuevas todos los meses, las cuales recibiré mucho antes de que aparezcan en librerías, y factúrenme al bajo precio de $3,24 cada una, más $0,25 por envío e impuesto de ventas, si corresponde*. Este es el precio total, y es un ahorro de casi el 20% sobre el precio de portada. !Una oferta excelente! Entiendo que el hecho de aceptar estos libros y el regalo no me obliga en forma alguna a la compra de libros adicionales. Y también que puedo devolver cualquier envío y cancelar en cualquier momento. Aún si decido no comprar ningún otro libro de Harlequin, los 2 libros gratis y el regalo sorpresa son míos para siempre.

416 LBN DU7N

Nombre y apellido	(Por favor, letra de molde)	
Dirección	Apartamento No.	
Ciudad	Estado	Zona postal

Esta oferta se limita a un pedido por hogar y no está disponible para los subscriptores actuales de Deseo® y Bianca®.
*Los términos y precios quedan sujetos a cambios sin aviso previo.
Impuestos de ventas aplican en N.Y.

SPN-03   ©2003 Harlequin Enterprises Limited

¡Él le arrebató su virginidad por venganza!
¡Ahora la llevará al altar!

El multimillonario Vicenzo Valentini creía que Cara Brosnan había tenido un papel determinante en la muerte de su hermana, y la buscó para hacérselo pagar. La sedujo, le reveló su identidad... y después la rechazó cruelmente.

Pero Cara no había hecho nada malo. Se sentía avergonzada por haberle entregado su virginidad al despiadado Vicenzo y, por si eso fuera poco, acababa de descubrir que estaba embarazada. Ahora el italiano con un oscuro corazón volvía a reclamarla, pero en esta ocasión ¡como su esposa!

Rechazo cruel

Abby Green

Deseo™

Por fin suyo

EMILIE ROSE

En el acelerado y competitivo mundo de la industria del cine de Hollywood, Max Hudson era el mejor. Siempre trabajando a contrarreloj, jamás dejaba que nadie se interpusiera en su camino cuando se trataba de cumplir plazos de entrega; ni siquiera su fiel asistente, Dana Fallon.

Sus tentadoras curvas hacían estragos en la cabeza de Max y en su libido, pero su repentina dimisión estaba a punto de desatar el caos en Hudson Pictures y el dinero no parecía ser suficiente para hacer que cambiara de opinión.

Sin embargo, Max contaba con otras formas de persuasión...

Luces, cámara... ¡acción!